Marco Missiroli

ALLES HABEN

Quartbuch

Marco Missiroli

ALLES HABEN

Roman

Aus dem Italienischen
von Esther Hansen

Verlag Klaus Wagenbach   Berlin

für Rimini
und für Claudio Cazzaniga
(1980–2020)

Von dem, was die anderen nicht
von mir wissen, lebe ich.
Peter Handke

JUNI

Als er mich anruft, stehe ich im Supermarkt. Ich gehe ran, er räuspert sich, spricht nicht. Ich weiß, dass er nachts im R5 herumfährt.

Ich frage, ob es ihm gut geht.

»Entschuldige die Störung«, sagt er.

»Hör schon auf.«

Er zieht an seiner Zigarette. »Hast du dein Geld endlich bekommen?«

»Noch nicht.«

Wir schweigen wie früher, wenn ich ihm als Kind dabei zusah, wie er eine Steckdose, die Anrichte oder die Regenrinne an der Rückseite des Hauses reparierte. Seine leichten Finger.

Dann sage ich, dass ich ihn besuchen komme.

»Wirklich?«

»Du hast doch Geburtstag.«

»Und deine Arbeit?«

»Krieg ich schon hin.«

Fünf Tage später halte ich vor dem Haus in Rimini. Die Rollläden sind heruntergelassen, das Garagentor steht offen. Er kniet zwischen den Tomaten, den Fischerhut auf dem Kopf.

»Hallo.« Er richtet sich auf, sein Gesicht glänzt vor Schweiß. »War viel Verkehr?«

»Nein.«

Er kommt zu mir und will mir die Tasche abnehmen, ich ziehe sie weg. Ich folge ihm in die untere Wohnung und bleibe in der Tür stehen. Er merkt, dass ich lieber oben schlafen will.

Im Zimmer ziehe ich den Rollladen hoch, und die Sonne fällt durch den Staubnebel auf das Regal mit den Panini-Alben. Vom Fenster aus sehe ich den R5, den er seit siebenundzwanzig Jahren fährt. Eine Felge ist verbeult, die Stoßstange ist auf Hochglanz poliert. Don Paolo hatte mich in Mailand angerufen, um mir zu erzählen, dass er sich die ganze Nacht herumtreibe, dass es Probleme gebe.

»Was denn für Probleme.«

»In der Bar wird geredet. Er taucht nachts dort auf und sieht irgendwie komisch aus, sagen sie. Du kennst doch deinen Vater.«

»Dann red mit ihm.«

»Red du mit ihm, Sandro.«

Jetzt bringt er Kissen und Bettzeug. Wir beziehen das Bett, schlagen die Laken ordentlich auf, wie sie es getan hat. Langsam und sorgfältig. Sobald wir fertig sind, geht er in die Küche. Er scheppert mit Töpfen, rumort in Schränken, kramt herum. Als ich hinzukomme, steht er auf Zehenspitzen auf einem Stuhl und inspiziert die Konservendosen. Er hat ein bisschen Bauch bekommen.

Lautlos wie eine Libelle springt er auf den Boden, geht zum Herd und dreht das Gas auf. Aus dem Nichts zückt er ein Streichholz und lässt das Köpfchen auflodern: Nando der Revolverheld.

Später drehe ich meine Runde. Ich gehe die Via Magellano hinauf durch das alte Arbeiterviertel Ina Casa, Menschen sehen aus den Fenstern und halten Ausschau nach dem Juni. Und der Juni kommt, zuverlässig wie die Touristen zur Saisoneröffnung und die herbe Fröhlichkeit, die unsereins fern der Strandpromenade ermüdet.

Ich brauche bis zum Park, um Mailand hinter mir zu lassen, üblicherweise geschieht es auf Höhe der Grundschule oder kurz dahinter, wenn ich den Hof des hufeisenförmigen Gebäudes überquere. Die Schuhe ermatten, und im Kopf verblasst Norditalien, während ich die Straße zur Bar Zeta entlanglaufe. Ich betrete das Cafè und esse einen Grillspieß mit Artischocken und Tunfischsauce, ein paar Gäste grüßen. Jemand sagt: Das ist der Sohn von Pagliarani.

Als ich zurückkomme, zieht ein köstlicher Bratenduft durch die Wohnung. Er ist nicht in der Küche, sondern prüft das Fliegengitter vor meinem Fenster. Er bedeutet mir, dass alles okay ist, und geht hinaus. Er hat das Nachtschränkchen abgestaubt und auf dem

Schreibtisch Ordnung geschaffen. Meine Reisetasche steht noch auf dem Boden, der Reißverschluss ist jetzt zu einem Drittel aufgezogen.

Um Punkt halb acht gibt es Abendessen, bevor wir uns setzen, will er wissen, ob ich die Lichter hinter mir ausgemacht habe. Welche Lichter? In den Zimmern, wo du warst. Er hat einen Spar-Tick, den er auch an ihr ausgelassen hat: Du bist doch nicht die Frau des Stromversorgers, hat er immer gesagt.

Es gibt gebratenes Hühnchen mit Schmorkartoffeln, dazu eine Sauce aus Auberginen und Kürbisblüten. Er beobachtet, wie ich die goldgelbe Hühnerkruste ablutsche und macht es mir nach: »In Mailand isst du nur das Tiefkühlzeug.«

»Überhaupt nicht.«

»Woher hast du sonst die Tränensäcke.«

»Sagt Clark Gable, oder was?«

Dann fängt er wieder mit dem ausstehenden Honorar an. Will mir unter die Arme greifen.

»Ich komm schon klar, außerdem ist das Geld bald da.«

»Immer noch zehn acht?«

»Zehn vier.«

»Wie kann das sein, mit vierzig.«

»Ich bin so blöd, dass ich dir überhaupt davon erzählt habe.«

Er seufzt. »Sicher, dass du nichts brauchst?«

»Ich komm klar.«

Er spielt mit den Brotkrümeln, schneidet sich ein Stück Aubergine ab und lässt es liegen. »Einfach so seine Festanstellung zu kündigen, das hast du jetzt davon«, mit einem Ruck steht er auf und holt eine Flasche Wein aus dem Küchenschrank, zieht den Korken heraus und dreht ihn gedankenverloren zwischen den Fingern. »Weißt du noch damals, als wir die Bar America schließen mussten, wie ich da immer rumgebrüllt habe?«

»Ich weiß jedenfalls, dass du ständig wütend warst.«

»Fünf Jahre zuvor hab ich Roberti vierzehn Millionen Lire geliehen, die er nicht zurückgezahlt hat, die hätte ich dringend für die Bar gebraucht.« Er schiebt mir die Kürbisblüten hin.

»Was hat das mit meinem Geld zu tun?«

»Viel – weil ich nie den Mut hatte, zu ihm zu gehen und mir meine Millionen zurückzuholen. Glaubst du, ich hätte Roberti auch nur einmal angerufen? Im Leben nicht.« Er wischt sich mit der Hand über den Mund. »Stattdessen saß ich jeden Abend hier am Tisch und rechnete alles rauf und runter. Rufst du bei denen an?«

Ich nicke.

Er schenkt mir Wein ein. »Eine Bar America reicht, Sandrin«, er hebt sein Glas. »Guten Appetit.«

Aber ich weiß, um die Bar America geht es nicht. Es geht um die Steige Kardinalspfirsiche. Wie schnell sich alles änderte bei der Pfirsichernte mit seinem Vater: Er ist damals fünfzehn und will auf die Schule für Vermessungswesen nach Ravenna.

Das hat sie mir erzählt, als wir nach Verucchio hinaufwanderten, sie mit in die Seite gestemmter Hand und den Tänzerinnenwaden, die nicht recht zum mütterlichen Restkörper passten. Sie wurde langsamer und sagte schnaufend: Muccio, du wählst das Studium, das dir gefällt, mach es nicht wie der Babbo im Garten in San Zaccaria.

Wir blieben am Mäuerchen stehen und blickten hinunter ins Valmarecchia.

Der große Obstgarten in San Zaccaria, erinnerst du dich? Dort ist der Babbo mit Großvater Giuliano, als er sich für die weiterführende Schule entscheiden muss. Er ist glücklich, er mag Baustellen, Fundamente, Wasserwaagen und Quadratmeter, er denkt an so was, auch während er Pfirsiche in eine Holzsteige sortiert.

Ich ging weiter, und sie fasste mich am Ärmel, ich hakte sie unter und wollte sie mitziehen, doch sie machte einen Satz und zog stattdessen mich.

Im Garten nimmt der Babbo dann die Kiste mit den Pfirsichen hoch, dein Großvater packt mit an, und sie hieven sie auf den Karren im Straßengraben. In dem Moment kommt Ingenieur Russi auf der Straße vorbei. Er grüßt den Großvater, grüßt den Babbo, fragt, ob's gut gehe, sieht die Pfirsiche: Schmecken sie? Der Großvater will ihn probieren lassen, und Russi bringt sich in Position, um einen zu fangen. Und wer wirft ihm den Pfirsich wohl zu? Der Babbo, ein guter Wurf. Du weißt ja, dass er Zielwasser getrunken hat. Ingenieur Russi fragt, ob er Baseballspieler werden wolle, beißt in den Pfirsich, und der Babbo erwidert, er denke an Vermessungstechnik. Russi sieht den Großvater an und sagt mit vollem Mund: Vermessungstechnik taugt nicht mehr, heutzutage muss man Elektrotechnik machen. Elektrotechnik? Elektro- und Telekommunikationstechnik in Cesena, Italien ist voll von Vermessungstechnikern. Russi wirft den Kern in den Graben, verabschiedet sich und geht. Der Großvater kniet über der Steige und sortiert weiter die schon sortierten Pfirsiche.

Und dann?

Wir hatten den Aufstieg nach Verucchio fast geschafft, und sie legte sich die Hand in den Nacken, um ihn gegen den Wind zu schützen.

Dabei hatte dein Babbo schon Lineal und Winkelmaß gekauft und Millimeterpapier. Nach den Kardinalspfirsichen hat er alles weggeworfen.

Bei den Nachrichten decken wir den Tisch ab. Er gießt Wasser in zwei Tassen mit löslichem Kaffee und verlängert ihn mit Milch. Er reicht mir meinen Becher und reibt sich die Augen. Er hat den Brustkorb eines Schwimmers und die Hüften eines jungen Mädchens. Schnurrbart. Er möchte Gian Maria Volonté in einem Sergio-Leone-Film sein und ist doch nur Massimo D'Alema. Höchstens Zorro. Er schluckt seine Herztabletten und springt dann unvermittelt auf, um die Briscola-Karten aus dem Brotkorb zu holen. »Spielen wir eine Runde.«

Ich trinke meinen Kaffee.

»Spielen wir oder nicht?« Er hustet ab.

»Hab noch zu tun.«

»Komm, eine Runde.« Er mischt. Er setzt die Brille auf und zündet sich eine Zigarette an. Er gibt mir drei Karten.

Ich lasse sie liegen. Ich schaue ihn an, er schaut mich an.

»Eine Runde, mehr nicht, Sandro.«

Wir spielen. Im dritten Stich kassiert seine Drei der Münzen meinen König der Münzen, und er strahlt wie ein Honigkuchenpferd.

»Heute ist mein Abend«, lacht er.

»Sonst nicht?«

Er drückt die Zigarette im Aschenbecher aus. »Gestern lief ein Scorsese, *Goodfellas*. Erinnerst du dich an die Szene, wo der Kellner mit dem Gipsfuß von Joe Pesci abgeknallt wird?«, er nimmt eine Karte auf und steckt sie zu den anderen. »Und du, was machst du abends?«

Ich ziehe ebenfalls eine Karte, meine Fingerspitzen sind trocken.

»Arbeiten, ausgehen. Was man halt so macht.«

»Denkst du manchmal noch an Giulia?«

Mit der Drei der Schwerter nehme ich seinen Reiter.

Telekommunikations- und Elektrotechniker, Ticketverkäufer für Ausflugsbusse an der Adria, Eisenbahner, Inhaber einer Caffè-Bar, Programmierer bei der Eisenbahn. Und was er nie in seinen Ausweis schreiben wollte: Tänzer.

Nach der Runde Briscola treten wir auf den Balkon, jetzt rauche ich auch eine. Erzähle ihm von dem Spiel, das ich mir für ihn ausgedacht habe: Wo wärst du mit einer Million Euro mehr auf dem Konto und fünfzig Jahre jünger?

Er drückt die Kippe in den Geranien aus und atmet tief den Flussgeruch von Ina Casa ein. Antwortet, ohne zu überlegen: »Mit meinem Vater auf dem Feld. Und in diesem Tanzlokal in Milano Marittima, mit Mama.«

Aber man sieht, dass er schon mit seinem Vater die Erde umgräbt, drei Monate vor dessen Tod.

»Und du?«

»Fünfzig Jahre jünger ist schwierig.«

»Fünfundzwanzig.«

Ich denke, dass ich ungern noch mal fünfzehn wäre. Sommersprossen und Rimini, das so hart ist zu den Schüchternen. »Dann

16

wäre ich gern in London, in einer Wohnung ganz oben, und würde die Passanten unten auf der Straße beobachten.«

»Und die Million?«

»Die Wohnung ganz oben.«

Er kneift die Augen zusammen, wie immer, wenn er nachdenkt. Er atmet Rauch aus und sagt, er habe ein Problem mit den Spielregeln: »Es hat keinen Sinn, zu fragen, was ich vor fünfzig Jahren mit einer Million Euro gemacht hätte, das sind fast zwei Milliarden Lire. Besser wäre doch: Wo willst du sein, wenn du fünfzig Jahre jünger wärst, und was würdest du *jetzt* mit einer Million Euro machen?«

»Dann lass mal hören.«

Er antwortet nicht, lehnt sich über das Geländer und beobachtet die Amseln auf der Straße. In Ina Casa ist schon Sommer, das Stimmengewirr von den Balkonen und das Kindergeschrei aus den Höfen. Er schweigt weiter, raucht, hat sich weggedreht. Er dreht sich immer weg, wenn er seine Ruhe haben will.

»Dann denk mal über die Million nach, die du jetzt ausgeben könntest.« Ich lege ihm kurz eine Hand auf den Rücken und gehe in mein Zimmer.

Ich fahre den Computer hoch, neben der Schreibtischlampe liegen alte Rechnungen und das Etui des Füllers, den ich zum bestandenen Examen bekommen habe. Ich nehme den Füller heraus und notiere in meinem Kalender, dass ich die Bank wegen des Darlehens anrufen muss, dann arbeite ich.

Vierzig Minuten später höre ich den Motor des R5, und er fährt weg.

Er hat ihre Gemälde abgehängt. Die Abendkleider sind noch da, ihre Schuhe auch. Und der Safe, hinter den letzten zwei Bänden der Enciclopedia Fabbri.

Ich räume meine Reisetasche aus, vier T-Shirts, den Baumwollpulli, zwei Hemden, die Sandalen, drei Hosen. Ich ziehe den Reißverschluss zu und packe alles in den Schrank. Frage mich, ob er wie früher in meinen Sachen gewühlt hat: auf der Suche nach einem Beweis, der seinen Verdacht bestätigt.

Als ich den Computer zuklappe, ist es nach Mitternacht. Er ist noch nicht zurück. Auf dem Herd in der Küche steht der Topf mit einem Rest Milch, die Streichholzschachtel liegt auf der Waage. Er hat Kichererbsen mit einem Lorbeerblatt eingeweicht und die Karaffe bereitgestellt, um das Öl umzugießen. Ich schneide mir eine Scheibe Emmentaler ab: Das ist sein Lieblingskäse, er schnitzt immer im Slalom um die Löcher herum. Das Briscola-Deck liegt auf den Walnüssen im Brotkorb. Er hat ein Gummiband darumgeklemmt, das französische Deck liegt daneben. Draußen, vor dem Fenster, liegt schwarz die Via Mengoni.

Ich nehme die französischen Karten. Halte den Stapel in der rechten Hand, lasse ihn in die linke wandern. Setze mich und rolle das Gummiband ab. Ich verteile die Karten auf dem Tisch und lege die Handflächen darauf. Ich sammle sie wieder ein. Ich mische. Riffle Shuffle: Das zweite Fingerglied des Zeigefingers drückt fest auf das Deck. Hindu Shuffle: Der Daumen zieht die Karten vertikal ab, beide Handflächen gewölbt. Ich werde langsamer, als die Fingerkuppen zu kribbeln anfangen. Ich lege sie im Halbkreis aus, schiebe sie zusammen, noch mal von vorn. Hier ist nicht Schnelligkeit gefragt, sondern Sorgfalt: die Beugung des Arms, die Drehbewegung im Handgelenk, die drei Finger in der Mitte dirigieren. Da war ich schon immer genau.

Noch mal von vorn und dann Schluss. Ich lege die Hand auf das Deck. Laufen die Karten gut, rascheln sie wie Laub im Wind, wie der Flügelschlag eines Finken.

Um zwanzig nach drei kehrt er zurück. Die Haustür fällt ins Schloss, Schritte auf der Treppe. Ich wälze mich im Bett mit zwei Gedanken im Kopf: Er leidet unter Schlaflosigkeit oder. Oder was? Jahrelang ging er nachts im Wohnzimmer auf und ab statt zu schlafen, mehr weiß ich nicht. Außer beim Tanzen war er nie ein besonders körperlicher Typ.

Ich lausche, ob er in sein Zimmer geht, tut er nicht. Ich höre ein Motorengeräusch auf der Via Magellano, das Quietschen meines Bettes, das leere Zimmer. Ich stehe auf und gehe in die Küche.

Er sitzt am Tisch, aus dem Aschenbecher steigt Rauch auf. Er hat seinen guten Anzug an.

»Hallo.«

»Hallo.«

Er hat über unser Spiel nachgedacht, sagt: Wen interessieren schon fünfzig Jahre weniger und eine Million mehr. Er will zurück ins Jahr 2009: zur Gran Galà oben in Gabicce, in der Disco Baia Imperiale. Ich trinke ein Glas Wasser und sage Gute Nacht.

Mit sechzehn erwischt er mich in der Strandbadkabine mit einer Kippe im Mund. Er fragt, wie lange schon. Ich sage, nicht lange, aber er weiß schon, dass ich ein Lügner bin.

»Welche Marke?«

»Marlboro.«

»Wie viele?«

»Eine, zwei. Samstags drei.«

»Lass dich bloß nicht von Mama erwischen. Versprich's mir.«

Versprich's mir: Das Flehen in seiner Stimme klang so gut.

Mittags macht er Nudeln mit Tomaten aus dem Garten, und wehe, du mischst dich ein, wenn es um die Mengen geht. Einhundertsechzig Gramm für zwei, ich lege noch drei Maccheroni mehr auf die Waage.

»Finger weg, Patàca«, rügt er mich nachsichtig und lässt sie liegen.

Er rührt die Tomatensauce um, gibt Gewürze aus seinen Kupfertiegeln dazu. Er lässt zwei Streichhölzer aufflackern, beugt sich über den Herd und prüft die Flammen, wischt sich die Stirn ab.

Er nennt es sein Rentnerrezept. Es stammt noch aus der Zeit nach seinem zwangsweisen Ausscheiden bei der Eisenbahn, 1997, als er eines Tages plötzlich nachmittags in der Küche stand.

Ich hatte am Esstisch über den Lateinhausaufgaben gesessen, er kam herein, leerte mit einer Hand auf dem Bauch ein Glas Wasser und legte sich ins Bett. Ich hatte mir nichts dabei gedacht und weiter gelernt, war dann aber doch zu ihm gegangen: Er lag auf der Seite und schlief, schnarchte nicht. Ich ging zurück in die Küche und verständigte den Arzt. Als der nach vierzig Minuten endlich eintraf und ihn untersuchte, schob er ihm eine Tablette unter die Zunge und rief einen Krankenwagen. Sie kam sofort aus der Schule nach Hause, wir waren alle noch da: Mein Nando, sie streichelte ihn mit einer Zärtlichkeit, die sonst mir vorbehalten war.

Transmuraler Herzinfarkt, Frührentner mit fünfzig.

Der Kaninchenschlag: So nennen die Bauern im Landesinneren die Art, das Tier vor dem Häuten zu betäuben. Beim Boxen existiert der *rabbit punch*, ein Faustschlag auf den Hinterkopf. Am Spieltisch bedeutet es, dass dir der ultimative Bluff gelingt, wenn du mit dem Rücken zur Wand stehst.

»War viel los gestern Abend?« Ich spieße drei Maccheroni mit der Gabel auf und kaue.

Er schüttelt den Kopf, rührt die Nudeln kaum an. Plötzlich fällt ihm ein, dass er in den Garten muss, um die Gemüsebeete nach der Spinnmilbe abzusuchen.

»Was ist das denn jetzt wieder?«

»Ein Tomatenschädling.«

»Hast du schon gesät?«

»Wäre Zeit für Kohl und Kürbis. Aber nein.«

»Nein?«

»*A n ò vòja.*«

»Wie, du hast keine Lust?«

»*A n ò vòja.*«

Nach dem Essen ziehe ich mich ins Zimmer zurück, kurz darauf höre ich, wie er die Beete jätet. Wenn er sich mit seinem Fischerhut hinunterbeugt und wieder aufrichtet, sieht er aus wie eine Reisbäuerin aus der Romagna. Ein großartiger Tänzer, hat sie immer gesagt, haben alle gesagt.

Am Nachmittag will ich ihm einen Geburtstagskuchen kaufen. Ich radele zum Meer, am Strand sieht man schon die ersten geblümten Sonnenschirme und sonnenverbrannten Gesichter. Im Juni ist Rimini noch unter sich: Man kennt sich, kaum Trubel am Strand.

Ich schiebe das Fahrrad bis auf den Vorplatz des Grand Hotel, hier unter den Pinien haben wir früher Wettrennen auf Dreirädern mit

Tiergesichtern am Lenker gemacht. Ich wollte immer den Elefanten, sie lehnte mit einem Eis an der Absperrung und passte auf, er stand weiter hinten und rauchte.

Schon damals aß er am liebsten Saint-Honoré-Torte. Also kaufe ich eine große für sechs Personen, verstecke sie im Kühlschrank im Erdgeschoss. Ich habe die Kerzen vergessen und suche herum: In der Schreibtischschublade finde ich zwei kleine rosafarbene. An der Schranktür hängt der gute Anzug, den er letzte Nacht anhatte. Frisch gebügelt.

Am späten Nachmittag bekomme ich eine E-Mail von der Bank mit der Terminbestätigung wegen des Darlehens. Ich soll meine Einkommensnachweise mitbringen. Ich ziehe mich zum Telefonieren ins Zimmer zurück, dann gehe ich zu ihm und sage, dass ich mit Kochen dran bin: Frittata mit Zwiebeln.

»Danke«, sagt er.

»Aber ich schwitze die Zwiebeln nicht an.«

»Danke, dass du gekommen bist.«

»Ist schön hier.«

Wir haben beide keinen großen Hunger und gucken beim Essen Nachrichten. Der Sprecher verkündet Erfreuliches zur Staatsverschuldung. Nando fragt, ob es was Neues zu meinem ausstehenden Honorar gebe: Gibt es nicht, und er winkt ab, einen Zahnstocher im Mund. In den Nachrichten läuft jetzt ein Beitrag über die wachsende Beliebtheit von E-Bikes, dann einer über die French Open, wir kommen auf unseren Besuch des Rom Masters, als wir auf den Rängen des Tennis-Stadions hockend seinem Nadal und meinem Federer zujubelten, und auf die Panini mit Salami, die wir erst auf der Zugfahrt zurück aufaßen.

»Morgen wirst du zweiundsiebzig, Nando.«

»Schöne Sache«, er deckt den Tisch ab.

Gegen Mitternacht fährt der R5 rückwärts aus der Einfahrt. Der Anzug hängt nicht mehr im Arbeitszimmer, die Briscola-Karten liegen aufgefächert auf dem Küchentisch.

Einmal, als ich mit Giulia einen Sonntagsspaziergang im Parco Sempione in Mailand machte, rief er an und fragte, ob Mama die Zukunft aus der Pyramide oder aus dem Fächer lese.

»Fängst du jetzt auch noch damit an.«

»Nein, ich frag nur aus Interesse.«

»Frag sie doch selbst.«

»Sie sagt, am Ende glaube ich noch dran.«

»Fächer *und* Pyramide, aus beidem. Kommt drauf an, ob es um die Liebe geht oder um den Rest.«

Giulia hatte gelacht: Damals wollten wir nach Lissabon ziehen, eine eigene Wohnung haben.

Doch ich hatte die fremden Wohnungen mit ihren Tischen. Schon beim Eintreten suchte mein Blick instinktiv nach Halt, nach einem Möbelstück, einem Gegenstand oder einer Aussicht aus dem Fenster. Wir nennen dieses Verhalten das »Ablenkungsmanöver«. Als müssten wir das Unglück vom Ernst des Moments ablenken.

Am besten wird man in den ersten Minuten fündig. Das Auge sucht sich ein Wandbild, einen Flaschenöffner, eine Zigarettenschachtel, den Kronleuchter. Gegenstände. Niemals Menschen. Menschen schaust du dir erst an, wenn du wissen willst, was läuft. Menschen nur, wenn die Karten verteilt sind.

Am Morgen frühstückt er im Stehen mit einer Tasse Tee und Madeleines. Er tunkt das Gebäck in den Tee, lässt es abtropfen und beißt hinein. Leckt sich mit der Unterlippe über den Schnurrbart. Dann lässt er ein Tütchen Schmerzmittel in ein Glas Wasser rieseln. »Alte Leute und ihr Rücken.«

»Nando?«

»Hm?«

»Herzlichen Glückwunsch.«

Ich klopfe ihm auf die Schulter, er trinkt das aufgelöste Schmerzmittel.

»Ich hab eine kleine Feier organisiert.«

Er guckt mich schief an. »Ich fahre nach Montescudo.«

»Ich komme mit.«

»Du kommst mit?«

Ich weiß nicht, auf welchem Ast er am Nachmittag des Infarkts gesessen war. Vielleicht auf dem dicken ganz unten. Ich stelle den Fuß darauf und ziehe mich hoch. Ich schaue nach unten, wahrscheinlich ist er zwischen dem Baumstamm und den ersten Grashalmen dort aufgeschlagen.

Von hier sieht das Haus in Montescudo aus wie ein Steinkasten. 1993 hat er den verfallenen Hof für 130 Millionen Lire gekauft und allein wieder aufgebaut. Wäre er damals gestorben, hätten wir ihn hier begraben. Aber was wäre ihm nicht alles entgangen: mein Abschluss, ihre Kunst-Ausstellung, wie er mich und Enrica nackt im Zimmer überrascht, weil wir versehentlich nicht abgeschlossen haben, mein erster Werbespot, die Gran Galà im Baia Imperiale, die Entdeckung des Lasters, all die prächtigen Tomaten.

Die körperliche Verwandlung beim Spiel: die Fingerglieder biegsamer, präziser, sicherer im Greifen. Die Agilität der Pupillen. Die Kontrolle des Kreislaufs über einen kurzen oder langen Zeitraum. Ein fast evolutionärer Akt, der schon nach wenigen Monaten am Spieltisch einsetzt. Dazu die lässige, aber beherrschte Haltung, ein Glücksbringer für jeden.

Sieben Monate nach dem Herzinfarkt hatten sie wieder angefangen, zu tanzen, erzählte sie mir.

»Aber im Krankenhaus haben sie doch gesagt, ihr sollt noch vorsichtig sein.«

»Also morgens ist dein Vater topfit.«

»Tanzt ihr jetzt zu Hause?«

»Bettgymnastik.« Sie war damals noch blond und rief mich immer mittwochs in der Uni an.

»Herrgott noch mal, so was will ich doch nicht wissen.«

»Der Babbo hatte Angst, seine Bypässe könnten abgehen.«

»Ich will das nicht hören!«

»Muccio!«

»Gleich leg ich auf, echt!«

Sie lacht.

»Lach nicht.«

»Stell dir nur die Todesanzeige vor, wenn es schief gegangen wäre: Nando Pagliarani, bei der Liebe gestorben.«

Wir mähen den Hang vor dem Haus in Montescudo: Ich übernehme das Grobe mit dem Freischneider, und er geht mit der Sense nach. Er bearbeitet die Wiese mit nacktem Oberkörper, seine Schuhspitzen graben sich in den Boden, er verrenkt sich in übermenschlicher Anspannung. Mit sicherer Hand führt er die Klinge, seine Schulterblätter öffnen sich zu Flügeln, immer wieder bückt er sich und reißt mit der Faust widerspenstige Grasbüschel aus. Sein vorstehendes Bäuchlein und die Nackenwirbel. Er lässt die Sense fallen und wischt sich den Schweiß von der Stirn, sieht mich an.

Ich schalte den Freischneider aus. »Was ist?«

»Ich werde mir ein Geschenk machen.«

»Ein neues Auto.«

»Einen Mauerstein aus der verfallenen Kirche. Aus dem ich ein Tier machen kann.«

Wir beenden unsere Arbeit und schlagen den Weg zur Kirche ein. Auf halber Strecke überholt er mich und bleibt stehen, um den Duft der Natur einzuatmen. Er kniet sich neben einen Löwenzahn, pustet und hält wie ein Spürhund die Nase in die Luft des Hügels.

Die Kirche ist fünfzig Schritte entfernt. Unter dem verfallenen Turm liegt eine Pyramide aus Steinen. Der Spürhund stöbert eifrig herum, wählt einen länglichen Brocken. Er erkennt darin eine Schildkröte mit länglichem Panzer. Er will sich den Stein auf die Schulter laden, lässt ihn fallen und setzt sich hin, hält sich Kopf und Rücken.

»Hey«, ich beuge mich zu ihm.

»Schon gut, alles in Ordnung.« Er lehnt sich zur Seite, das Hemd rutscht ihm aus den Bermudashorts, ein Windstoß bläht es auf. Seine Waden ragen wie Stelen aus den Nike-Strümpfen.

Ich sage, dass wir sofort umkehren. Er protestiert, gibt erst nach, als ich mich mit dem Stein auf der Schulter auf den Weg mache. Er will mir helfen, ich schiebe ihn weg, und er geht vor.

Hatte er immer schon so spindeldürre Beine? Sie hasten bergab, bremsen, weichen vorsichtig ein paar Schlaglöchern aus, springen geschickt bergauf, fliegen über den Boden. Er ist wieder bei Kräften. Er hängt mich ab, und als er merkt, dass ich den Steinbrocken abgelegt habe und erstarrt bin, dreht er sich um.

»Sandro.«

»Du hast mich gerade auf die Idee für einen Werbespot gebracht.«

»Ich?«

Ich erzähle es ihm.

Er denkt nach. »Also, der Gärtner mit einem Nike-Schweißband am Handgelenk. Der Briefträger in der Nike-Jacke. Eine gebärende Frau, die … die was?«

»Ihre Füße.«

»Die Gebärende im Krankenhaus, die ihre Füße in den Gynäkologenstuhl stemmt und presst.«

»Und dabei Nike-Socken trägt.«

Er schaut auf seine Füße. »Und am Schluss?«

»We are Sport.«

»Das ganze Leben ist Sport.« Er geht weiter. »Die zahlen ja eh nicht«, sagt er und bricht in sein volles Lachen aus.

Wir verstecken den Stein unter dem Efeu am Geräteschuppen und legen die umgedrehte Schubkarre darüber. Ich frage, wie es ihm geht.

»Gut, gut.« Er reckt die Glieder und schließt die Türe ab. Dann lässt er sich hinter das Lenkrad meines Wagens fallen. Will selbst fahren. Er möchte so schnell wie möglich nach Rimini zurück, gibt Gas. Nach einem Drittel der Strecke hält er in der Ortschaft Trarivi an und steigt aus. Er verschwindet in einem Bauernhof und kommt fünf Minuten später mit einem gelb eingeschlagenen Päckchen zurück: Überraschung, sagt er.

Meine Überraschung liegt im unteren Kühlschrank. Ich hole sie heraus, während er unter der Dusche steht. Die Saint-Honoré-Torte ist von der Kälte ein bisschen hart geworden, ich plane eine gute halbe Stunde bis zur Übergabe ein. Doch als ich hochkomme, verkündet er, dass er gleich ausgeht.

»Schon wieder?«, frage ich und komme mir vor wie er, als ich ein Teenager war.

»Aber vorher gibt es die Überraschung.« Im Bademantel wickelt er eine Taube aus dem Papier. Er legt sie in die Pfanne und schickt mich in den Garten, um Rosmarin zu holen.

Den Rosmarin hat er in den hinteren Teil des Beetes gepflanzt, wo der Garbino aus Südwesten durch die Erde pflügt und die Welt in mildes Licht getaucht ist. Aus dem Boden steigt die Hitze des Tages in die Beine. Direkt daneben die dunklen Pflastersteine der Einfahrt mit dem R5. Das Auto glänzt, selbst die Felgen.

Ich gehe zum Wagen, die Knöpfchen sind immer oben, ich öffne die Fahrertür und setze mich hinein. Es riecht sauber, auf der Rückbank liegen der Erste-Hilfe-Kasten und das Kissen mit den angenähten Glöckchen an den Ecken. Am Rückspiegel baumelt das geflochtene Armband aus Montefiore Conca, das sie hat segnen lassen. Er wollte es nicht anziehen, hatte aber nichts dagegen, dass sie es an den Spiegel hängt.

Taube aus Traviri, gegrillte Paprika aus Rimini, Sangiovese aus Spadarolo. Das Geburtstagsmenü. Dann ist die Torte dran, ich stehe auf: Rühr dich nicht von der Stelle, bin gleich wieder da.

Er sitzt auf heißen Kohlen. Ich gehe ins Erdgeschoss und hebe den Kuchen aus der Schachtel, stecke die Kerze in die Mitte. Als ich hochkomme, spült er das Geschirr.

»Nee, nee«, brummt er.

Ich stelle die Torte auf den Tisch, zünde die Kerze an.

»Die ist ja rosa.«

»Jetzt mecker nicht rum, wünsch dir was.« Ich singe Happy Birthday, er tritt näher und winkt ab, ich solle aufhören, doch er freut sich, ich sehe es an den großen Augen. Er überlegt kurz und pustet die Kerze aus.

Eine halbe Stunde später sitze ich über der Szene mit der Gebärenden in Nike-Socken, als der R5 die Einfahrt verlässt. Ich habe ein ungutes Gefühl, weiß nicht, ob ich es Vorahnung nennen soll.

Wie sie über mich sprach: Mein Sohn ist verhext. Sie war ganz besessen von Gustavo Rol und seinen Weissagungen. Nach ihrem Tod hat er alle Bücher über Wahrsagerei weggeworfen und sich in der Küche eingeschlossen. Im September traf ich ihn irgendwann hinter dem Haus, wo er mit dem Spaten den alten Rasen umgrub.

»*S a fèt*? Was wird das?«

»Ein Gemüsegarten.«

Wenn sich im Alltag Anomalien einschleichen. Die Euphorie vor dem Spiel. Die Niedergeschlagenheit, wenn es nicht dazu kommt. Das Zittern in den Handgelenken, in den Beinen. Das Gefühl erhöhter Wachsamkeit und die plötzliche Erschlaffung. Das Leben als Gewinn- und Verlustrechnung: Alles ist Addition oder Subtraktion. Völlerei und Hungern.

Ich schlafe ein und höre nicht, wie er nach Hause kommt. Am nächsten Morgen steht er in der Küche und bereitet eine kalte Kichererbsensuppe vor. Wenn er früh am Tag schon am Herd steht, geht's ihm gut. Er sagt, er habe zum Frühstück von der Torte gegessen. Ich schaue in den Kühlschrank: Er hat sich ein Bignet abgebrochen und den Rest nicht angerührt.

»Das hast du doch heute Nacht gegessen.«

»Nachts nur Emmentaler.« Er nimmt den Deckel vom Topf und wedelt damit durch den duftenden Dampf.

Er ist wirklich in Form, das sehe ich an seinen flinken Bewegungen, und er steckt mich damit an. Vielleicht sind wir wieder die von 1998 im Sardinienurlaub, als wir merkten, dass es auch was anderes als die Adria gibt.

Damals im August standen wir immer um sieben auf und machten Frühstück für alle, bevor es zu heiß wurde. Und Mittagessen und Abendessen, Apfelpfannkuchen, Dips, belegte Baguettes für zwischendurch. Für Mama, Patrizia und die zwei aus Riccione, die wir später aus den Augen verloren. Ich war zwanzig, studierte in Bologna, er war schon in Rente, und ich erinnere mich gut an das stille Glück in der Küche unseres Ferienhauses.

Dann kam der frühe Nachmittag des neunten Urlaubstages: Ich war früher als die anderen vom Strand aufgebrochen und den wacholdergesäumten Trampelpfad zu unserer Villa hinaufgegangen, um mir zwei Kurven der Straße zu sparen. An der niedrigen Steinmauer klopfte ich mir wie immer den Sand von den Badeschlappen, sprang über das Mäuerchen und wollte die Außentreppe in den ersten Stock hinaufgehen. Doch an diesem Nachmittag hörte ich das Wasser der Außendusche rauschen, die vom Pfad nicht einsehbar in einer Einbuchtung der Hauswand lag. Ein leises Plätschern. Also ging ich weiter und sah Mamas Freundin Patrizia. Den Badeanzug bis zum Bauchnabel hinuntergezogen.

Ich stand da und starrte sie an: ihren straffen Körper, den Seifenschaum, ihre offensichtliche Eile, die bronzefarbenen Brustwarzen, ihr Blick auf mir. Der Gesichtsausdruck, erst überrascht, dann ein Lächeln, während sie sich weiter einseifte.

Ich war zurückgezuckt und einen Schritt zur Seite getreten, Patrizia hatte den Badeanzug noch etwas tiefer geschoben, den Schaum abgespült, den Wasserhahn zugedreht und sich ein Handtuch umgelegt, die Haare zum Turban gewickelt. Dann ging sie hinein, ich verfolgte sie mit Blicken bis hinter die Glastür, fühlte den Mut zu irgendetwas in mir, nur zu was, ihr nachlaufen und wer weiß.

Ich drehte mich um, um es zu wagen oder wegzurennen, und sah ihn: Nando. Ich erstarrte, schob mich dann mit gesenktem Kopf an ihm vorbei, kein Wort, auch später sprachen wir nicht davon, außer am letzten Abend beim Abschiedsgrillen, bei dem Patrizia ein enges Blumenkleid trug. Er stocherte in der Glut, wandte sich zu mir und flüsterte: Immer schön brav bleiben.

Ich vertraute ihm alles an, ohne ihm etwas anzuvertrauen. Als Kind führte ich innerlich Gespräche mit ihm und lauerte dann auf seine Reaktion: eine gehobene Augenbraue, ein nervöses Fingertrommeln, eine kumpelhafte Zärtlichkeit, als hätte er telepathische Kräfte.

Und das Glücksgefühl der Nachmittage, wenn er sich häusliche Tätigkeiten suchte, bei denen ich ihn beobachten konnte: Wie er den verstopften Abfluss reinigte, die Rosen stutzte, das Wageninnere säuberte. Der Zauber seiner Hände.

»Ich weiß jetzt, was ich mit der Million aus unserem Spiel machen würde.« Er legt den Suppenlöffel aus der Hand, schiebt den Teller weg und tritt ans Fenster. Öffnet es. Als Erstes würde er an der Westseite des Hauses in Montescudo eine Terrasse anbauen. Und einen Pool am Ende des Grundstücks, eine Stein-Holz-Konstruktion mit automatischer Abdeckung. Beheizt, weil das Becken die Hälfte des Tages im Schatten liegt.

»Dann hast du immer noch circa neunhunderttausend übrig.«

»Ich bezahle jemanden, der hinter dir herläuft und die Lichter ausmacht.«

»Ich meine es ernst.«

»Gut, pass auf.« Er setzt sich wieder, schlägt die Beine übereinander und zündet sich eine Zigarette an. »Ich kaufe mir ein neues Auto.«

»Du besorgst dir ja nicht mal ein vernünftiges Radio für den R5.«

»Gute Musik hört man zu Hause.«

»Okay, und welches?«

»Ich kaufe mir einen Dacia Duster LPG.«

»Glaub ich nicht.«

»Doch.«

»Und warum kaufst du ihn dir nicht einfach jetzt?«

»Der alte tut's ja noch.« Er atmet Rauch aus, steht wieder auf und nimmt das Haushaltsbuch, schreibt etwas hinein. »Wir brauchen Oregano und Sardellen. Es gibt Pizza.«

»Ich lade dich ein. Wir können irgendwo Pizza essen gehen, ins La Brocca oder in das Lokal unten in Rivabella.«

»Wie viel Geld ist dann noch übrig, bei unserem Spiel.«

Ich schnorre mir eine Zigarette. »Wenn du dir den Dacia Duster kaufst, noch etwa achthunderttausend.«

»Dann muss ich noch mal nachdenken.«

Nach dem Abendessen will er wieder Briscola spielen. Zuerst setze ich einen Kaffee auf, er holt die Karten und sieht dann zu, wie ich Milch in den Espresso gieße. Wir einigen uns auf fünf Runden.

Es steht zwei zu zwei, als ich seine Trumpf-Drei mit dem Ass steche. Er ist sauer, hat schon zwei Kippen weggeraucht und will seinen Frust nun an der Saint-Honoré-Torte auslassen. Das vermute ich zumindest, weil er Richtung Kühlschrank geht. Dann aber bekommt er einen Hustenanfall, hält sich die Brust und holt einen Hustensaft aus dem Küchenschrank. Er kippt ihn hinunter und leckt sich über die Lippen.

»Ich hab nachgedacht.« Langsam wird er ruhiger. »Ich hab noch achthunderttausend, richtig?«

»Richtig.«

»Ich kaufe eine Berghütte in Pozza di Fassa. Und vom Rest bezahle ich die echte Tina Turner, damit sie ein Konzert in meinem Wohnzimmer gibt.«

Wir lachen, sein Handy klingelt, wir lachen weiter, und er geht zu spät dran. Es war Don Paolo. Sie haben zusammen die Schulbank gedrückt, bevor er Priester wurde. Er ruft zurück, sie reden über dies und das, und am Ende will Don Paolo mich sprechen, wie immer, wenn ich zu Besuch bin. Er fragt, wie er mir vorkomme.

Ich gehe ins Zimmer und sage, normal.

»Normal meinst du«, wiederholt er nachdenklich und schweigt. Er war schon mal verheiratet, und man erzählt sich, dass er früher der Beichtvater von Giulio Andreotti war. »Normal war er auch am Tag seiner Hochzeit, Sandro.«

Auch das erzählt man sich: Nando, der zwei Stunden vor dem Termin beim Standesamt in der Waschküche die schimmelige Wand einreißt.

Nach dem Abendessen bin ich es, der noch mal weggeht: Ich bin mit den anderen bei Walter verabredet, der in seinem Lokal den Saisonauftakt feiert. Früher war es nicht mehr als eine Imbissbude, wo man Melone bekam, heute heißt der Laden Gradella und ist ein Bistro mit Gartenterrasse am Kanal.

Ich stecke zwanzig Euro ein und lasse die EC-Karte zu Hause, als ich ankomme, sind schon alle da. Manche sind in Rimini geblieben, einer lebt als Schauspieler in Rom, einer ist Arzt in Bologna, wir treffen uns an Weihnachten und hin und wieder zwischendurch.

»Der Mailänder, immer auf dem Sprung«, ziehen sie mich auf.

»Diesmal bleibe ich länger.«

»Einen halben Tag?«

»Das hängt davon ab, was Nando möchte.«

Ich rede von ihm wie von einem Freund, der gleich noch dazustößt. Sie rücken zusammen, und Lele reicht mir einen Grillspieß. Bei ihm weiß ich, dass wir uns nicht aus den Augen verlieren werden. Unseren entscheidenden Moment hatten wir an der Universität, auseinandergerissen und verängstigt von der Provinz.

Ich bestelle ein Bier und sehe auf den Kanal. Die Möwen gleiten über das Wasser, die Boote laufen ein, das Viertel San Giuliano lebt in den Gassen, und die Kleider flattern im Wind. Und mir kommt ein Gedanke: Vier Jahre ist er nun schon ohne sie.

Wir bestellen alle noch ein Bier, Lele und ich trinken es auf dem Mäuerchen am Kanal. Ich erzähle, dass Nando sich abends mit dem R5 davonstiehlt und spätnachts zurückkommt. Er sieht mich an, und obwohl er Schauspieler ist, scheint seine Miene sich immer zu entschuldigen. Er überlegt: Wahrscheinlich fahre er einfach mit dem Auto durch die Gegend.

»Einfach so.«

»Ja.«

»Seit Monaten?«

»Woher willst du das wissen?«

»Die in der Bar haben's Don Paolo gesagt.«

»Was geht die das an!«

Die Mücken stechen ins Wasser, und die Dämmerung greift nach den Booten. Auch Lele wird nicht mehr heiraten, das Theater hat ihn immer von A nach B geschickt, und mehr war nicht drin. Ich frage ihn, wie lange er in Rimini bleibt.

»Bis zum nächsten Vorsprechen. Und du?«

»Eigentlich wollte ich heute wieder fahren.«

»Und warum fährst du nicht?«

»Was fragst du so viel, bist du die Scheiß-Gestapo?«

Er krempelt die Ärmel auf, klappt seinen Hemdkragen hoch, macht einen auf Alain Delon, und ich sag es ihm.

»Ihr könnt mich mal, du und Alain Delon.« Er wird wieder ernst.

»Und was ist mit Bruni?«

»Was.«

»Halt dich von ihm fern.«

»Fang nicht wieder damit an.«

»Es gefällt mir nicht, wenn du länger als geplant in Rimini bist.«

»Fang nicht wieder an.«

»Ich sag's noch mal: Bruni.«

»Ich hab ja nicht mal seine Nummer.«

»Und wenn du sie hättest.«

»Geh mir nicht auf den Sack.«

»Er hat sogar sein Facebookprofil gelöscht.«

»Ja, und?«

»Nimm dich in Acht, ich krieg's so oder so mit.«

»Jaja.«

»Jedenfalls hat Bruni sich aus allem rausgezogen, Sandro.«

Ich trinke mein Bier aus und stütze die Ellbogen auf die Mauer.

»Ich verbringe einfach ein paar Tage in Rimini, das ist alles.«

»Dann lernst du jetzt endlich mal Bibi kennen.«

»Immer diese Bibi.«

»Biologin. In Mailand geboren. Zweiunddreißig, Wahnsinnssynapsen. Der Name sagt schon alles: Beatrice Giacometti.«

»Reich.«

»Überhaupt nicht.«

»Jüdin.«

»Nein.«

»Titten?«

»Normal.«

»Warum willst du sie mir dann vorstellen!?«

»Die gibt dir richtig Saures, wenn du nicht spurst.«

Ich komme nach Hause, der R5 steht in der Einfahrt, und in seinem Zimmer brennt Licht. Auf dem Heimweg habe ich in der Bar Zeta noch drei Bombolone-Krapfen gekauft, esse einen davon in der Küche, während ich auf Instagram nach dieser Beatrice Giacometti suche. Ihr Profil ist nur für Freunde zu sehen, das Bild winzig: braune Haare, Höckernase, schmale Augen. Bibi.

Ich lege die zwei übrigen Krapfen auf einen Frühstücksteller und breite ein Stück Küchenrolle darüber. Ich stehe im Flur, seine Schlafzimmertür ist angelehnt.

Er ruft nach mir. Er liest ein Buch, der Lichtschein der Stehlampe zerschneidet sein blasses Gesicht. Er nimmt die Brille ab. »Pizza essen also?«

»Die in Rivabella sind gut.«

»Ich hab Lust auf eine Capricciosa.« Er hält einen Simenon in der Hand, er liest nie etwas anderes.

»Dein ewiger Maigret.«

»Im Fernsehen ist er mir lieber.«

Ich sage Gute Nacht und denke, dass ich schon lange kein Buch mehr gelesen habe: Das fällt als Erstes hintenüber, wenn ich Sorgen habe.

An der Wirbelsäule: eine Art Krampf. Oder an der Kopfhaut: ein Kribbeln. Oder ein kalter Schauer im Nacken. Meine bösen Vorahnungen. Sie kamen, sobald ich mich an den Spieltisch setzte. Und wenn sie kamen: niemals vor den anderen die Karten berühren.

Ich lasse den Vormittag verstreichen, er kniet im Garten über dem Pflücksalat, obwohl es regnet: Vornübergebeugt gräbt er den Boden um und mischt frische Erde unter. Mit den Händen, mit den Fäusten, mit einem Finger, mit drei Fingern, während der Regen ihm immer heftiger auf den Rücken prasselt. Er reckt sich nach den Pflänzchen, drückt die Wurzeln fest und legt jedes einzelne Blatt frei, erntet. Er versinkt im Morast, der Regen färbt sein blaues T-Shirt dunkel. Er bückt sich, tritt die Erdhügel platt, streicht sie mit den Unterarmen glatt, wischt sich Erde von der Stirn, stemmt eine Hand in die Seite, weiter und weiter. Ein Gewitter bricht los, ich rufe vom Fenster nach ihm.

Er bedeutet mir, dass er gleich fertig ist, dann kommt er, in den Händen die Salatblätter. Auf dem Fußabtreter klopft er seine Schuhe ab, betritt tropfend nass das Haus und pfeift ein Lied von Venditti vor sich hin.

Ein gutes Omen: keine Vorahnungen haben. Die Normalität, gleichförmige Tage ohne Erschütterungen. Alles läuft glatt, bis die Karten verteilt sind.

Am frühen Nachmittag gehe ich zur Bank. Es ist das zweite Mal, dass ich einen Kredit beantrage. Sie geben sich kundenfreundlich und verlangen zur Prüfung nur die vollständigen Gehaltsunterlagen. Wollen sich zeitnah melden.

Zu Hause fingiere ich ein Telefonat, das er aus der Küche mithören soll: Da hättet ihr mir aber mal Bescheid sagen können, dass das Geld jetzt kommt, warum wird man denn immer so hingehalten? Sieben Monate zu spät, ihr könnt froh sein, dass ich keinen Anwalt eingeschaltet habe, wenn das Geld heute auf dem Konto ist, okay.

Ich stecke das Handy ein und gehe in die Küche, wo er Bratäpfel in den Ofen schiebt. Er blickt auf: »Notar Lorenzi kennt gute Anwälte, wenn du einen brauchst.«

»Sie haben es angewiesen.«

»Die zehn vier.«

»Fast alles.«

»Und abgesehen von denen, wie läuft's?«

»Alles okay.«

»Ich meine mit dem Einkommen.«

»Seminare an der Uni, nach dem Sommer.«

»Und vor dem Sommer?«

»Davor alles okay. Das Gewitter heute hast du ja voll mitgenommen.«

Im Fernseher läuft Rai Uno, er stößt sich vom Herd ab. »Fahren wir zum Friedhof?«

Es regnet immer noch, und es schert ihn nicht, dass er nass wird. Mit langen Schritten verlässt er das Haus und steigt in den R5, ich halte die Hände über den Kopf und folge ihm.

Schnell lassen wir Ina Casa hinter uns und fahren über die Marecchiese stadtauswärts bis Spadarolo, wo wir hinter der Schule in die Hügellandschaft einbiegen. Der R5 kämpft sich mit fünfzig Stundenkilometern den Berg hinauf, wenn er Gas gibt, helfen wir mit unseren Zungen mit. Die Luft ist regenschwer, auf den Feldern stehen Weizen und Klatschmohn und Malve, auf dem Rücksitz des Renault liegt ein Strauß Wildblumen. Er sagt, er habe sie in Montescudo gepflückt und in der Garage in Wasser gestellt. Mir waren sie in der Garage nicht aufgefallen.

Wir parken neben dem Eingangstor, er steigt mit den Blumen in der Hand aus und wartet, dass ich den Regenschirm aus dem Kofferraum hole. Er bekreuzigt sich. Seit ihrer Beerdigung waren wir nicht mehr gemeinsam auf dem Friedhof.

Sie liegt hinter der kleinen Treppe, in einem Urnengrab mit ihren Eltern. Auf dem Foto lacht sie, aber ein bisschen widerwillig.

Er tritt unter dem Regenschirm hervor zum Wasserhahn, füllt die Gießkanne und kommt zurück. Er nimmt die vertrockneten Blumen aus der Vase, stellt den Strauß aus Montescudo hinein und gießt Wasser nach, säubert mit einem Lappen die Grabplatte. Er scheint es eilig zu haben, tritt einen Schritt zurück und wendet sich zum Gehen. Doch dann kehrt er noch mal um und legt die Finger auf ihr Bild, redet mit ihr. Was er sagt, höre ich nicht.

»Und du, Sandrin? Was machst du mit der Million?« Er hat sich eine Zigarette angezündet und fährt gemächlich über die Hügel um Spadarolo. Er hat es offensichtlich nicht mehr eilig, nach Hause zu kommen, ein Sonnenstrahl fällt durch die Wolken auf die feuchte Erde.

»Einen Teil lege ich auf die Bank«, ich mache es mir im Sitz bequem. »Der Rest ist für London.«

»Du mit deinem London.«

»Du hast Montescudo, ich habe London.«

»Die Engländer sind doch alles Schurken.«

»Was weißt du schon.«

»Die aus London auf jeden Fall.«

»Der freundliche Unternehmer war auch aus London.«

»Aber der wusste ja auch, dass er an dir verdienen würde.«

»Nein, wusste er nicht.«

Wir schlängeln uns den Hügel nach Covignano hinauf.

»Ich glaube, der wusste haargenau, dass er an dir verdienen würde.«

»Woher denn?«

»Keine Ahnung.«

»Wie kommst du dann darauf?«

»Glaubst du etwa, so ein dicker Fisch wie der spielt einfach den Türöffner für einen kleinen Jungen aus Rimini? Weil der ihm was von Flamingos mit Prothesen erzählt?«

»Und das ist eben der Grund, warum er ein dicker Fisch ist und du«, ich blicke durchs Seitenfenster.

»Und ich?«

»Halt einfach den Mund.«

»Und ich?«

»Warum ihr so seid, wie ihr seid.«

»Wer denn ihr?«

»Ihr früher Geborenen.«

»Früher als was?«

»Vergiss es.«

»Wie sind wir denn?«

»Lass es einfach.«

»*Cum è ch'a sém nun?*«

»Scheißvorsichtig seid ihr.«

Die Straße liegt nun im Schatten des Hügels, und er fährt langsamer, bis seine Augen sich an die neuen Lichtverhältnisse gewöhnt haben. Er drückt die Kippe aus. »Flamingos mit Prothesen. Wie war die Idee noch gleich, was hast du dem dicken Fisch aus London vorgeschlagen?«

»Nein.«

»Komm schon.«

»Die Generation der Übervorsichtigen.«

»Vorsichtig womit denn?«

»Stempeln bei der Eisenbahn und bloß nicht ausscheren.«

»Und du?«

»Was ich?«

»Und du? Was hast du riskiert, Sandro?«

»Mehr als du jedenfalls.«

»Ach ja? Hast du dir eine Frau gesucht? Eine Familie gegründet? Einen Kredit aufgenommen?«

»Stempeln bei der Eisenbahn und bloß nicht ausscheren.«

»Ach, natürlich: Du riskierst ja alles beim Spielen.«

»Lass mich sofort raus!« Ich hämmere gegen die Scheibe.

Er fährt schneller, drückt das Kinn auf die Brust und umklammert angespannt den Schaltknüppel. »Die Flamingos, jetzt red schon. Wie ging die Idee, die du ihm vorgeschlagen hast.«

»Andere verurteilen, das könnt ihr gut.«

»Los jetzt, raus mit der Sprache, wie war das?«

Ich räuspere mich: »Wir sind alle Flamingos.«

»Mit einem Flamingo, der anstelle des angezogenen Beins eine Prothese hat«, fährt er selbst fort und nimmt einen Umweg vorbei an der ehemaligen Disco Paradiso. Wir werden langsamer und werfen einen Blick auf den verwilderten Außenbereich. »Und was hat der freundliche Herr getan, als er dich vor dem Haus stehen sah?«

»Das weißt du doch.«

»Hilf mir, ich erinnere mich nicht.«

»Zuerst hat er nicht reagiert. Dann hab ich gesagt, ich hätte eine Idee für sein Unternehmen.«

»Und dann?«

»Das weißt du.«

»Und dann, sag schon.«

»Dann hat er mich auf einen Kaffee hereingebeten.«

»Und sechs Monate später saß deine Mutter erwartungsvoll vor dem Fernseher. Fünfzig Leute hatte sie angerufen, heute läuft Sandros Werbespot, Sandro ist heute Abend im Fernsehen, hat sie

gesagt«, er stellt den Rückspiegel neu ein. »*T at ci sémpra fat da par té,*
Sandrin, sie war immer so stolz auf dich.«

»Hör auf jetzt, lass uns lieber ein paar Schritte gehen.«

Wir spazieren am Meer entlang, von Strandbad Nummer 5 bis Nummer 33, die Rimineser und ihre Vorfreude auf den Sommer, Unter-
hemden und Badeanzüge, manche sind schon im Wasser, trotz der
hohen Wellen vom Gewitter. Weiter unten ist das Horn von Gabicce
zu sehen, er blickt in die Ferne, und wir stapfen tapfer durch den
Sand wie echte Romagnolen, halb flink, halb träge, die Nase im
Wind und mit federnden Knien. Plötzlich bleibt er stehen. Seine
Hand greift nach mir, er beugt sich vor, sucht Halt. »Sandro.«

»Dein Rücken?«

»Lass uns nach Hause gehen.«

»Du bist müde.«

An seinen Knöcheln klebt Sand, er schwitzt. Ich gehe in die Knie
und ziehe ihn an mich, schiebe meinen Arm um ihn, und langsam
bewegen wir uns Richtung Straße, bleiben stehen, er will alleine gehen. Schließlich stehen wir auf Asphalt und finden eine Bank. Ich
setze ihn hin, wische ihm mit dem Ärmel den Schweiß aus dem
Gesicht und hole das Auto. Fange fast an zu laufen, die ewige Angst
seit dem Herzinfarkt auf dem Kirschbaum. Das Handy immer eingeschaltet, auch nachts, in Bologna und Mailand, auswendig gelernte
Zugfahrpläne und im Kopf den Klang ihrer Stimme, die sagt: Komm
schnell, komm, dem Babbo geht's nicht gut.

Als ich zum Strandbad 33 zurückkomme, beobachtet er die Passanten, die Hände locker im Schoß. Ich warte, ob er mich sieht, er sieht
mich nicht, ich hupe.

Er dreht sich um, winkt.

Zum Abendessen gibt es Seebarbe und gefüllte Calamari mit Spinat,
dazu ein Glas Wein. Hinlegen wollte er sich nicht. Er stochert im
Essen, schiebt den Teller weg und steht auf, spielt mit der Einkaufs-
liste in der Hand, nimmt eine Rolle Lakritz aus der Vorratskammer
und verschwindet im Schlafzimmer, schaltet den Fernseher ein.

Auch ich gehe in mein Zimmer, habe Lust, Leute zu treffen, will ihn aber nicht allein lassen: rufe trotzdem Lele an, er sitzt auf dem Sofa, guckt Netflix und will heute nicht mehr raus, ich könnte bei Walter im Lokal vorbeischauen, entscheide mich dagegen, durchsuche meine Lieblings-DVDs nach einem Film. Ich stoße auf die Dokumentation über die marokkanischen Ziegen in den Argan-Bäumen. Sieben oder acht Ziegen, die auf den Ästen balancieren, die Früchte essen und aussehen wie lebende Christbaumkugeln. Ich lege den Film ein, Minuten später höre ich seine Zimmertür. Er wandert zwischen Büro und Esszimmer hin und her. Dann ins Bad, dann wieder ins Arbeitszimmer und durch den Flur zurück in sein Zimmer, bleibt dort, geht wieder durch den Flur, die Treppe hinab, die Haustür schnappt auf, fällt ins Schloss, Schritte draußen, der Motor des R5 springt an.

Ich schlüpfe in meine Schuhe und nehme die Autoschlüssel, renne hinunter. Der R5 biegt in die Via Magellano ein und verschwindet. Ich steige in meinen Wagen und folge ihm, verliere ihn aus den Augen, dann ist er wieder vor mir, jetzt auf der Via Marecchiese, mir fällt ein, dass ich den Film nicht ausgemacht habe, die Ziegen stehen bestimmt schon auf den Bäumen. Mit gebührendem Abstand folge ich dem R5, der südlich an Villaggio Azzurro vorbeifährt, er war doch müde, ich gebe Gas, er wollte sich ausruhen, ich fahre immer schneller, und aus der Vorahnung wird ein Wunsch: die Hoffnung, dass er eine Freundin, einen Freund trifft, wie er es früher gerne tat.

Der R5 biegt in die Via di Mezzo ein und hält am Straßenrand. Er steigt aus und betritt die Bar Sergio, steht mit einem Päckchen Zigaretten an der Kasse, nimmt sie mit der Linken und kommt heraus. Er trägt ein Hemd mit langgezogenem Spitzkragen.

Er steigt wieder ins Auto und fährt weiter, Richtung Marina Centro, wo die Geschäfte mit Sandspielzeug die Zeitungshändler verdrängt haben, vorbei am Central Park und am Embassy, die Parallelstraße der Strandpromenade entlang und schneller bis zur Piazza Tripoli, dem Platz, der in meinen Kinderohren immer afrikanisch klang.

Er parkt hinter der Kirche, auch ich suche mir einen Parkplatz. Er steigt aus und geht auf ein fensterloses Gebäude zu, vor dem wir als

Jugendliche immer die Motorroller aufheulen ließen: Hier fanden die Gemeindefeste statt, in den Nullerjahren zog ein Programmkino ein. Für heute Abend sind keine Filme angekündigt, die Neonröhren mit dem Namen des Kinos – Atlantide – sind erloschen. Eine Frau mit hellglänzenden grauen Haaren steht in der Tür und begrüßt ihn, sie reden kurz miteinander. Dann geht er hinein.

Ich warte, steige aus und nähere mich dem Gebäude. Aus dem Saal dringen Musik und Stimmen aus einem Mikrofon, die Frau mit dem Silberhaar heißt mich willkommen. Ich grüße zurück und frage, was denn heute läuft, sie erklärt mir, dass es hier seit längerem keine Filmvorführungen mehr gebe und die Veranstaltung nur für Mitglieder sei.

»Und wo muss man Mitglied sein?«

»Beim Freizeitwerk der Eisenbahner.«

Von drinnen ertönt Musik: Folk oder Country oder so was, die Mikrofonstimmen verstummen kurz, setzen wieder ein.

»Danke.« Ich entferne mich.

»Sind Sie denn Eisenbahner oder Ex-Eisenbahner?«

Ich schüttele den Kopf. »Ich wollte nur mal fragen.« Ich verabschiede mich und umrunde das Atlantide. Die kleinen Fenster an der Rückseite sind dunkel, Licht dringt nur aus drei Luken unten am Asphalt. Hier kommt die Musik her: Im hinteren Teil gibt es einen großen Saal, wo Leute tanzen. Sie halten ihre Hüte in den Händen. Cowboyhüte, und das in der Romagna.

Die Verpuppung: der Moment vor dem ganz großen Einsatz. In sich gekehrte Haltung, Fingerdruck auf die Spielchips, alle Gedanken ausgeschaltet. Vergessen, wer du bist.

Auf dem Rückweg fahre ich einen Bogen und suche im Radio ein gutes Lied, schalte es irgendwann aus. Ich kann mich an keinen Cowboyhut im Haus erinnern. Oder doch?

Sie vielleicht, er nicht. Anfangs hatte sie ihn zum Tanzen überreden müssen, dann fand er Gefallen daran, an dem schwarzen Hemd in der Hose und den glänzenden Schuhen. Sie musste immer eine

Fallfigur machen, ob es passte oder nicht, und am Ende kam der Scirea-Sprung. Mir waren sie peinlich: diese unterschwellige Sinnlichkeit, die zupackenden Hände.

Ich kehre um, fahre an der Strandpromenade entlang, parke vor dem Embassy: früher Diskothek, jetzt Restaurant. Nicht weit entfernt das Central Park, die Spielhalle unserer Jugend: die Lichtorgeln der Bildschirme, die Jingles von Double Dragon und Street Fighter, das Rattern der Walzen in den Spielautomaten.

Ich gehe hinein, lasse mir fünfzig Euro in Münzen wechseln und gehe rüber zu den Slot-Maschinen. Hier hat sich nichts verändert, nur die Flipper im Vorraum sind weg.

Ich gewinne zwölf Euro. Dann einundzwanzig. Ich verliere.

Ich hebe draußen noch mal fünfzig Euro ab, mit denen ich zur Kasse gehe. Vor mir wechselt eine junge Frau sechs Euro in Jetons, der Automat lässt sie in Schale Nummer zwei fallen. Das verheißungsvolle Klimpern. Der fröhliche Lärm. Die Glücksanhäufung. Jetzt will ich auch Jetons: für zwanzig Euro. Ich bekomme das Wechselgeld und warte auf das Klimpern, den Lärm, das Glück: Sie rattern durch das Räderwerk der Kasse und landen in Schale Nummer eins. Vierzig Jetons, plus fünf gratis. Eineinhalb Hände voll. Ich nehme sie, umschließe sie, fühle ihre raue Oberfläche an den Fingern, sie reiben gegeneinander und wärmen mir die Hand. Setzen oder nicht setzen: nicht setzen und weiter das warme Metall spüren, rausgehen, die Finger zur Faust verschlossen und ins Auto steigen, die Chips in die Tasche gleiten lassen. Volle Taschen.

Dann in den Kontakten nach Brunis Telefonnummer suchen, alte Nachrichten durchforsten, wohl wissend, dass ich sie nicht mehr habe. Es sein lassen.

Ich bin fünfzehn, als ich zum ersten Mal die Finger in das Schubfach der Kaffeemühle stecke und einen Zehntausend-Lire-Schein herausfische: für einen *Dylan-Dog*-Comic, ein Skater-Magazin, ein Stück Pizza am Samstagnachmittag, Panini-Figuren. Ich gehe sparsam damit um, stapele das Wechselgeld zu Türmchen auf, die ich nach Dringlichkeit sortiert verbrauche. Um vorbereitet zu sein, wenn die

Freunde mit dem Tretboot rausfahren oder einen Sonnenschirm mieten wollen, für ein Sweatshirt von Best Company oder die ersten Discobesuche am Sonntagnachmittag. Irgendwann geht es dann in die Spielhalle im Zentrum, das Venusian, wo wir Chips für dreitausend Lire kaufen, manchmal auch für fünftausend, weil es dann noch welche gratis gibt.

Die Kaffeemühle im obersten Regal, darunter das Bord mit dem Haushaltsbuch. Ich muss auf einen Stuhl steigen, um dranzukommen, die kleinen Scheine liegen obenauf. Irgendwann brauche ich keinen Stuhl mehr, stelle ich mich auf die Zehenspitzen und ziehe von unten den Fünfzigtausend-Lire-Schein heraus. Einmal im Monat greife ich hinein, dazu noch Taschengeld. Irgendwann alle drei Wochen. Dann alle zwei. Die Spielhalle, die Bar Sergio mit den Spielautomaten, das elektronische Blackjack an der Tankstelle.

Irgendwann sagt er zu mir: »Du hast lange Finger bekommen.«

Ich schweige. Nach zwei Tagen greife ich erneut in die Mühle, um zu sehen, ob das Geld noch da liegt. Mit dem Zeigefinger auf dem zerknautschten Schein erstarre ich, ziehe den Finger weg und bekomme Angst.

»Ich erhöhe dein Taschengeld auf hundert im Monat«, sagt er am folgenden Donnerstag zu mir. Während sie mir heimlich immer noch mal zehn- oder zwanzigtausend extra zusteckt.

Vom Central Park aus fahre ich nach Hause. Ich stelle den Wagen in der Via Mengoni ab, öffne das Törchen und gehe zwei Stufen auf einmal nehmend die Vortreppe hinauf, in meinen Taschen fünfundvierzig klimpernde Jetons. Ich bleibe stehen, die Beute in der Hand. Fünfundvierzig Jetons. Ich spreize die Finger, mische sie, spreize und mische. Das war immer das Signal: die feuchten Fingerkuppen, das Prickeln an der Epidermis.

In der Küche schalte ich das Licht über der Spüle ein, mache mir ein Bier auf und setze mich. Ich mische die Briscola-Karten und lege eine Pyramide: dreizehn Karten mit einer an der Spitze. Ich habe vergessen, abzuheben, und beginne von vorn.

»Funktioniert das denn, wenn man sie sich selbst legt?«, habe ich einmal zu ihr gesagt, als sie abends die Karten nach dem Erfolg ihrer Ausstellung im Grand Hotel befragte.

»Wenn du die Beine nicht überkreuzst.«

Lele verliebt sich in alle Frauen, denen er begegnet, und jedes Mal will er seine Schauspielkarriere drangeben. »Ein Königreich für jede von ihnen.«

»Aber du bist doch der, der immer Schluss macht.«

»Ich steige nur vom Pferd, ehe ich abgeworfen werde.«

Als Kinder gingen wir ständig in die Bar Laura im Strandbad Nummer 5, kauften uns Süßigkeiten und machten Quatsch. Er mit der Banane in seiner umgehängten Gürteltasche. Er war notorisch pleite und witzelte darüber, und wenn wir Maxibon aßen, schälte er sich seine Chiquita, war immer gut drauf. Jetzt sitzen wir am Hafen in der Sonne und trinken einen Caffè Shakerato vor der Bar Souvenir.

Heute spielt er den Besorgten, dreht sich eine Zigarette und legt sie für nach dem Kaffee bereit. Bei mir hat er leichtes Spiel, wenn er mich mustert, als wäre er der Derrick der Romagna: Leugnen zwecklos.

»Was leugne ich denn?«

»Das weißt du genau.«

»Nein, weiß ich nicht.«

»Die alte Sache.«

»Ach komm, hör auf.«

Er packt meinen Arm. »Du ziehst doch nicht wegen deinem Vater so ein Gesicht.«

»Was denn für ein Gesicht?«

»Sandro?« Er hält meinen Arm fest.

»Lele, was willst du?«

»Ist es die alte Sache?«

Ich drehe mir auch eine Kippe. »Mit der alten Sache bin ich fertig.«

Der Kellner bringt uns die Shakes.

»Total fertig?«

»Fertig.«

»Und Bruni?«

»Fängst du schon wieder an?«

»In Mailand war es doch auch Bruni, oder?«

»Was tut das zur Sache?«

»Die Sirenen hören nie auf zu singen, das weißt du.«

Wir trinken unseren Kaffee, zünden die Zigaretten an. »Ich bin schlicht und einfach pleite. Die wollen partout nicht zahlen. Und Nando freut sich, dass ich hier bin.«

»Wie viel brauchst du?«

Ich schüttele den Kopf. »Ich will einfach eine Weile raus aus Mailand.«

Kurz bevor wir abends in Rivabella Pizza essen gehen wollen, habe ich eine Eingebung: Der Cowboyhut liegt im Keller. Ich sehe nach und finde eine Melone, die einmal zu Karneval benutzt wurde. In der Ecke stehen die Weinflaschen, das Lochblech mit den Haken und die Werkzeugkiste: Schraubenzieher, Maurerkellen, Stemmeisen, Bohrer, Acrylharz und weiß Gott was. Neu dazugekommen ist ein Feuerlöscher, ihre Tanzmonturen hat er hängen lassen. Ich lehne mich an die Wand, als Kind kam ich gern hierher: Ganz leise zog ich die Tür hinter mir zu, knipste die Taschenlampe an und blätterte in den *Tiramolla*-Comics, der erste Rausch der Heimlichkeit. Und wie schön es war, zu hören, wie sie besorgt meinen Namen riefen.

Er bestellt tatsächlich eine Capricciosa. Früher nahm er immer eine Diavola und eine Zeit lang nur Pizza Würstel.

»Du bist der Einzige, der Pizza Tonno mag, Sandrin.«

»Moira Orfei isst die immer, wenn sie eine Neidattacke hat.«

Er muss lachen. »Ist das so?«

»Hat sie in einem Interview gesagt.«

»Also auf dich und Moira Orfei.« Wir stoßen mit Bier an, und sein Gesicht wirkt weniger ausgemergelt. Er hat sich fein gemacht und trägt ein blaues Hemd mit aufgeschlagenen Ärmeln. Er wischt sich über den Schnurrbart, ich will reden.

Er spürt es. »Was ist los?«

»Nichts.«

»Was ist los?«

Ich lege mir die Serviette auf den Schoß. »Lass dich mal wegen deiner Müdigkeit untersuchen. Ich kann mitkommen.«

»Ich schlafe nur schlecht.« Er sieht sich nach dem Kellner um.

Aber die Pizza kommt nicht, wir trinken unser Bier und blicken über die Terrasse nach draußen. Ich habe einen Tisch mit Blick auf die Adria bestellt, am Strand sind alle Sonnenschirme bis auf zwei eingeklappt, die abendliche Trägheit vor dem Trubel. Bis zur Mittelstufe haben wir um diese Tageszeit häufig am Strand gepicknickt: Sie hatte süße Brötchen dabei, und wir nahmen Lele und den einen oder anderen Freund mit, Strandspaziergang in der Dämmerung und wir Kinder in Badehosen.

»Das war schön, weißt du noch?«, frage ich ihn.

»Du immer Tunfisch und hartgekochte Eier.«

Dann kommen unsere Pizzen, und wir warten auf das Chiliöl. Er träufelt es mir über die Pizza: nur ein, zwei Tröpfchen hier und da.

Als wir später am Strand entlanggehen, erzähle ich ihm, dass ich selbst auch ein Neidsignal habe wie Moira Orfei. Nicht die Pizza Tonno, sondern den großen Zeh. Immer, wenn ich jemanden um etwas beneide, verkrampft sich mein linker großer Zeh.

»Nur der linke?«

»Nur der linke.«

»Wann zum Beispiel?«

»Bei einer Waschmaschinenwerbung: Die Kleider verwandeln sich im Wäschekorb zu Fischen im Meer. Das Halstuch war unbemerkt schon vorher eine Qualle. Kennst du die?«

Er kann sich nicht erinnern.

»Als ich sie zum ersten Mal gesehen habe, pochte mein großer Zeh ganz fest gegen den Schuh.«

Er zündet sich eine Zigarette an und bietet mir eine an, nimmt zwei Züge. »Dann bist du also ein neidischer Mensch.«

»Manchmal schon.«

»Und was fehlt dir?«

»Darum geht es doch gar nicht. Menschen sind neidisch, weil sie irgendwas wollen.«

»Was ist denn irgendwas?«

»Keine Ahnung.«

»Die richtige Frau?«

»Zum Beispiel.«

»Eine Wohnung in London.«

»Genau.«

»Der Werbe-Oscar.«

»Warum nicht.«

»Was noch?«

Ich zwinkere ihm zu. »Du weißt schon.«

Er erstarrt. »Das Laster.«

»War doch nur'n Witz.«

Aber er dreht sich weg und geht ungelenk weiter.

»Komm schon, Nando, es war nur ein Witz.«

»Nein, das war kein Witz, du Pappnase.« Seine Wangen sind wieder hohl. »Dein Neid kommt nicht daher, dass du irgendwas haben willst.«

»Aha, sondern?«

»Sondern daher, dass du den ganzen Sandro Pagliarani haben willst«, er bleibt stehen. »Alles, dich als Ganzes, mitsamt dem ganzen Driss.«

Ich rauche und sage nichts.

Er wirft die halb geraucht Kippe weg. »Letztendlich wollen wir doch alle nur die zwei oder drei Dinge, für die wir auf die Welt gekommen sind.«

»Hört, hört, der weise Philosoph.«

»Hört, hört, der Pflaumenaugust, *Patàca* du.«

Aus dem gemeinsamen Rhythmus geworfen gehen wir weiter, und Rimini verblasst. Seit zwanzig Jahren müssen wir bis Anfang August auf den sommerlichen Trubel warten, der bis 2002 immer schon im Mai einsetzte. Ich frage, ob er ein Eis möchte, er möchte nicht, ich schon, kaum halte ich es in der Hand, will er die Sahne probieren, leckt sich die Lippen.

»Ich glaube, ich war neidisch, als die Nicolinis das Landhaus gekauft haben.«

»In Santarcangelo.«

»Ein echtes Schnäppchen.«

»Gestern hab ich Lele getroffen.«

»Wie geht es ihm?«

»Er hat Tourneepause.«

»Ich habe ihn auf Rai Uno in einem Film gesehen.« Er überlegt, wo wir hingehen, ich lotse ihn Richtung Piazza Tripoli, wir gehen schneller, schieben uns durch das Gewühl zwischen dem Bounty und der Kreuzung. Er wird langsamer und betritt einen Tabakladen. Mit einem Feuerzeug in der Hand kommt er wieder heraus und lässt es aufflammen, wie ein Kind bist du, sage ich.

»Ja, die Jugend. Das Einzige, worauf man im Alter wirklich neidisch sein kann.« Wir überqueren den Platz und erreichen die Kirche. Ich habe mein Eis aufgegessen und werfe die Serviette weg, blicke zum Atlantide: Es hat geöffnet, und die Frau mit dem Silberhaar steht im Eingang.

»Gehen wir nach Hause?«, frage ich.

»Ich will dir was zeigen.«

Er führt mich zur Tür. Und sagt der Frau mit dem Silberhaar, dass ich sein Sohn bin und er mich mit zu der Veranstaltung nehmen will. Die Frau lächelt, und wir treten ein auf einen Treppenabsatz. Unten stehen dichtgedrängt Leute, keine Musik, die Klimaanlage bläst uns in den Nacken: Wir steigen eine lange Treppe hinunter in den großen Saal, die Tanzfläche befindet sich am anderen Ende des Raums.

»Das ist es«, sagt er.

Hinter uns drängeln sich Leute, die meisten über fünfzig, einige jünger, alle mit einem Cowboyhut in der Hand. Er winkt mich zur Bar, wechselt ein paar Worte mit einer jungen Frau in weißer Bluse und Weste.

»Was willst du trinken?«, fragt sie mich. »Dein Vater nimmt einen Sambuca.«

»Für mich auch, danke.« Ich nehme mir einen Hocker. Er steht einen halben Meter entfernt, bezahlt die Drinks und setzt sich. Weitere Gäste kommen herein, und Musik erklingt. Sie strömen auf die

Tanzfläche. Es läuft Folk-Musik, Country. Ich nippe an meinem Sambuca, er beugt sich zu mir: »Das ist es«, wiederholt er, »seit Mama weg ist.«

Acht Sekunden: die durchschnittliche Zeitspanne, in der ein Anfänger nach dem Austeilen Gefahr läuft, den Mitspielern sein Blatt zu verraten.

Seine Füße unter dem Hocker tippen aufs Parkett, er lässt die Schuhspitzen kreisen, klappert mit den Absätzen, lässt seinen Blick durch den Saal schweifen, zu den Scheinwerfern an der Decke und über die Cowboys, sieht mich an. Verlegen sehe ich zur Tanzfläche, als ich mich wieder umwende, schaut er mich immer noch an. Ja, nicke ich, geh schon, als hätte er um Erlaubnis gefragt.

Er leert sein Glas und steht auf, schlägt die Ärmel noch einmal ordentlich hoch. Er macht eine schwungvolle Armbewegung, beugt das Handgelenk wie die Tänzer auf der Tanzfläche, die ihre Hüte halten. Nickt mir auffordernd zu.

»Geh du.«

Er tritt zu einem untersetzten Mann in Jeans, der hinter dem Mischpult Musik auflegt. Sie wechseln ein paar Worte, und der Typ bückt sich unter den Tisch und holt einen Stapel Cowboyhüte hervor, lässt ihn wählen. Er nimmt zwei, bedankt sich und kommt wieder zu mir.

Aber ich will nicht tanzen. Ich halte den Hut in der Hand: einen John-Wayne-Hut, mit Stahlnieten und Kopfband.

Wo ist er? Nach dem letzten Song hat er sich zwischen den Stühlen nach vorne geschlängelt, mit geschwellter Brust und gespannten Waden, und zu den anderen gestellt. Sie bilden sieben Querreihen, in jeder Reihe etwa zehn Tänzer mit je einem halben Meter Abstand. Die Musik beginnt, und er hält den Hut hüfthoch am Körper, führt ihn vors Gesicht, wirbelt ihn einmal herum und setzt ihn auf.

Sein Rücken ist gekrümmt, er klatscht dreimal in die Hände, so wie alle anderen, sie beschreiben einen kleinen Kreis und finden in die Reihe zurück. Sie nehmen die Hüte ab, machen einen Schritt vor und einen zurück, stampfen einmal auf und drehen eine Pirouette. Er ist ganz bei der Sache, auf die Füße konzentriert, dann lacht er. Und lacht noch mal. Denn er ist John Wayne.

Es braucht sechs Monate und ein gutes Dutzend Spieltische, an denen man keine Probleme macht, um in der Szene akzeptiert zu werden. Dann heißt es: Du bist drin. Als ich in Mailand drin war, bekam ich meinen Spitznamen: Rimini.

Draußen vor dem Atlantide reiche ich ihm meine Jacke. Er legt sie sich über, ohne in die Ärmel zu schlüpfen, und ich ziehe sie so zurecht, dass sie seinen Nacken wärmt. Dann deute ich eine Pirouette an und die Handbewegung, mit der der Hut sich überschlägt. Er sagt: »Was für ein Spaß.«

Und das klingt richtig aus seinem Mund: *Spaß*, dieser satte Klang, *Spaß*, Nando Pagliarani. Ich schlucke ein paarmal, um den Hals frei zu bekommen, er sieht mich fragend an, ob alles in Ordnung ist. Was für ein Spaß. Mein ganzes Leben habe ich darauf gewartet, dass er das sagt.

Sie tanzten Boogie-Woogie, sie tanzten zu den Hits der Sechziger, tanzten Mazurkas, sie tanzten Blues. Sie tanzten zu Queen und Daft Punk, zu Secondo Casadei. Sie nahmen an Shag-Turnieren teil. Tanzten im Frühling, Sommer, Herbst und Winter. Doch ihre beste Zeit begann nach Saisonende, wenn die Sonnenschirme schon geschlossen waren, Rimini noch ganz aufgewühlt war vom Sommer, und die dicken Jacken gerade erst wieder aus den Schränken geholt wurden. Dann tanzten sie sich die Füße wund. Gleich nach dem Aufstehen legten sie Musik auf und trainierten bis abends, zu Hause, mit klappernden Absätzen, in der Garage, mit gespannten Waden und wirbelnden Armen, um dann abends auf die Tanzfläche zu treten und bis zum Morgengrauen zu tanzen. Völlig mitgenommen kamen sie nach Hause, die Kleider zerknautscht und die Krägen verrutscht.

Ansonsten gereizt, unnahbar, fahrig. Nando und Caterina und ihre Nachsaison. Sie nannte es ihr *Scaramàz*, ihre Art, sich auszuleben, ihr Chaos, ihre Leidenschaft.

»*Scaramàz*, was heißt das?«

»Der Seele Feuer geben, Muccio.«

Dann kehrten sie langsam in den Alltagsrhythmus zurück. Die Dinge fanden wieder ihre Beachtung, manchmal ließ sie noch die Hüfte zu einem Lied aus dem Fernseher kreisen. Er genauso, schwang mal ein Bein oder einen Fuß im Flur, eine kurze Stepp-einlage, ein angedeuteter Scirea-Sprung. Niemals Country.

Und dann einmal die Woche, am Mittwochabend, wenn sie zu ihrem Malkurs ging und er es allein kaum auf dem Sofa aushielt. Was hast du heute gemalt, fragte er, sobald sie zur Tür hereinkam. Ein Still-leben. Aha, ein Stillleben. Und beobachtete griesgrämig, wie sie im Bad die Amethyst-Ohrringe auszog.

Heute liegen sie auf dem Nachttisch, neben seinem ewigen Mai-gret und dem japanischen Fischer, den er von seinen Kollegen zur Pensionierung bekam. Früher hing da auch das Tamara-de-Lempicka-Gemälde von ihr: bis es an jenem Tag im Mai verschwand.

Ich war es, der sie damals fand, in der kleinen Waschküche neben der Garage. Hier hatten ihre Eltern behelfsmäßig gekocht und ge-gessen, als sie aus Vergiano herzogen und das Haus noch nicht fertig war: ein zwei mal drei Meter großes Kabuff mit Spüle, Tisch und Wäscheleine. Sie hatte eine Anrichte hineingestellt mit Pinseln und Temperafarben, Unmengen von Leinwand und ein paar Sukkulenten. Und die Tintenfässer aus den späten Sechzigerjahren. Warum ausge-rechnet aus den Sechzigern? Die erinnern mich an die ersten Jahre als Lehrerin.

Sie lag auf dem gefliesten Boden, über der linken Schulter das Bü-geleisen: Wir hatten sie seit einer Stunde nicht mehr bemerkt. Cate-rina war sonst eigentlich immer zu hören, wie sie mit den Nachbarn plauderte, im Haus oder Garten vor sich hinsummte oder mit schlur-fenden Schritten umherlief.

Ihre Augen standen offen. Der linke Arm am Körper, die Faust geschlossen. Der rechte über ihrem Bauch. Auf dem Bügelbrett: eine Bluse.

Er hat alles so gelassen, wie es war. Die Farben auf der Anrichte, die Kiste mit den Tintenfässern, die Leinwand, die Wäscheklammern an der Leine, obwohl er seine Wäsche jetzt auf der Terrasse trocknet. Nur das Plakat für die Gran Galà im Baia Imperiale hat er dazugehängt.

Er half mir, sie hochzuheben und in die Garage zu tragen. Als wir sie dort auf den Boden legten, rutschte ihr Anhänger vom Hals über das Kinn. Der ruht jetzt in einem Holzkistchen in seinem Büro: ein goldenes Blatt, das das dritte Auge symbolisiert. Ich hatte sie nach der Bedeutung gefragt, und sie hatte gesagt, es stehe für den wichtigsten Teil eines Menschen.

»Also für den Schwanz«, hatte ich erwidert.

»Quatschkopf.«

»Was ist es denn bei dir?«

Sie hatte geschwiegen.

»Ich kann es dir sagen: deine Geduld.«

»Meinst du?«

»Sonst hättest du ihn nicht geheiratet.«

»Stimmt auch wieder«, und sie hatte sehr gelacht.

Dann war er dazugekommen, schnellen Schritts, als wollte er nichts verpassen.

»Herzlich willkommen«, hatte sie gesagt.

»Willkommen wobei?«

»Beim dritten Auge.«

Und wie er mit ihr prahlte, mit seiner schönen Caterina. Sie erobert und gehalten zu haben, das war sein Orden am Revers.

Und sie? Wenn man gleich gut oder besser war, interessierte sie das nicht weiter. Nur das Gegenteil ließ ihr keine Ruhe: Mit ihrer ständigen Angst, durch einen Fehltritt oder ein ungebührliches Verhalten die bösen Zungen anzulocken, verleugnete sie ihre eigene

Freiheitsliebe. Meine Dreadlocks mit sechzehn: Was sollen nur die Leute denken? Oder die Zeugnisnoten, die erst im Vergleich einen Wert bekamen: Was hat denn Walter in dem Fach? Oder wegen des Werbespots für Gleitmittel: Erzähl bloß keinem, dass du dahintersteckst.

Was beiden gemeinsam war: Der ewige innere Konflikt zwischen ihrer Sympathie für Außenseiter und der Angst, gebrandmarkt zu werden.

Die Bank verlangt Sicherheiten für das Darlehen. Ich hatte gehofft, als langjähriger Kunde würden meine Einkommensnachweise genügen. Sie erwidern, das seien nun mal die aktuellen Vorgaben für Kredite. Ich verlange einen Termin beim Filialleiter, den ich seit Jahren kenne, bekomme einen in drei Tagen.

Zu Hause erstelle ich zwei Rechnungen: Wenn alle offenen Honorare beglichen werden, kann ich davon fünf Monate lang leben, die Miete in Mailand eingerechnet. Die Ausgaben in Rimini hat bisher er übernommen, ich habe ihm gesagt, von nun an wird abgewechselt, sonst reise ich ab.

»Bleib.«

»Wenn wir halbe-halbe machen.«

»Und deine Arbeit?«

»Ich kann von hier aus arbeiten.«

Er hat sich über den Bart gestrichen, wie wenn er einen spannenden Bericht verfolgt oder zu einem Kriegsfilm Lakritz isst. Keine Ahnung, woher das kommt, aber Fakt ist: Krieg und Lakritz.

Als wir sie in die Garage trugen, war auf ihrem mattgrünen Kleid ein dunkler Urinfleck. Er hatte das Laken über den Fahrrädern weggezogen und über sie gebreitet.

»Ich rufe den Krankenwagen«, sagte er und griff nach dem Handy.

»Das mache ich.«

Er wartete am Garagentor, bis das Martinshorn zu hören war. Ich ging hinaus, und er kniete sich neben sie und küsste sie auf die Stirn.

Rimini, der Neue, lass den mal rannehmen. Dann: Rimini, der ist ok, der macht keine Probleme. Dann: Rimini, neulich hat er zwei von zwei Tischen abgeräumt. Dann: Rimini, sieht aus wie ein Milchgesicht, hat es aber faustdick hinter den Ohren.

Für den Termin mit dem Filialleiter breche ich eine Stunde zu früh auf. Vom Meer weht schwüle Luft heran, die bis zu den Hügeln nicht abkühlt, der Wind ist salzverkrustet.

Ich gehe zu Fuß am Parco Marecchia entlang, am Fluss lärmen die Zikaden, das Schilf ist vom Gewitter niedergedrückt. Ich folge der Straße bis zur Metzgerei Pari und bleibe am Stoppschild stehen: An dieser Stelle der Siedlung Ina Casa sammelt sich der Südwestwind. Ich breite die Arme aus, die Luft fährt mir unters Hemd, und ich fliege, den Sommer gibt es in Rimini nur an der Küste, und alle Straßen führen ans Meer. Mit den Stimmen ist es anders: Sie erklingen aus den Radios auf den Balkonen, aus dem Töpfeklappern in den Küchen und dem Flattern an den Wäscheleinen. Das romagnolische *Ciàcri*, das Geplänkel der Leute, wandert von Haus zu Haus und begleitet mich bis zum Platz vor der Kirche. Dort wartet Don Paolo auf mich, die Hände in den Hosentaschen der Jeans, rotes Lacoste-Shirt und völlig durchgeschwitzt. Er steht mir zur Seite wie damals, als sie ihm von meinen Abwegen erzählt hatte, und später dann, als sie gestorben war, gramgebeugt laufen wir nebeneinander her, der Karabiner quietscht an seinem Gürtel.

Wir schlagen den Weg zur Via Marecchiese ein, schweigen wieder einmal, dann sage ich: »Nando geht nachts tanzen.«

»Weißt du das?«

»Ich weiß es.«

Er sieht mich erleichtert an, hält sich am Karabiner fest und schreitet kräftig aus, bis wir vor der Bank stehen.

Er ist die Art Priester, dem ein Wink genügt: Ohne mir weiteren Beistand aufzudrängen, verabschiedet er sich vor der Bank. Allein sein, das sei das elfte Gebot des Herrn. Und das zwölfte? Kümmer dich so gut es geht um deinen eigenen Scheiß.

Ich trete ein, der Filialleiter führt mich in sein Büro und bietet mir einen Kaffee an. Mit der Tasse in der Hand teilt er mir mit, dass die neue Vergabepolitik für Darlehen auch bei langjährigen Kunden keine Ausnahmen mehr zulasse. Die Unterschrift meines Vaters würde aber reichen. Er habe ihn eine Woche zuvor in der Schlange am Schalter stehen sehen. Ich erkläre, dass das nicht in Frage kommt.

Im Hinausgehen überlege ich, ob ich Lele um Hilfe bitten soll, oder Walter, der allerdings mit seinem Lokal schon am Limit ist.

Ohne Darlehen: Mailand verlassen, bei ihm einziehen, hier leben, diese Straßen, Beton und Blumenbeete, die Menschen, Gesichter aus Kindertagen und die ständige Musikbeschallung, der Provinzmief, den ich immer wieder vergesse. Hier leben, in Rimini. Gedankenversunken laufe ich weiter, von der Bank in die Altstadt, biege im Laufschritt auf die Piazza Malatesta ein, die Lungen werden eng, ich bleibe stehen, setze mich keuchend hin, sehe an den orangefarbenen Mauern des Teatro Galli hinauf. Hier leben. Meine Augen brennen, trotzdem starre ich weiter auf das Theater. Tue es für sie, die herkommen und Vorstellungen besuchen wollte, sobald es endlich fertiggestellt wäre, die ganz verliebt war in Riccardo Muti, er hatte schon Konzertkarten für Ravenna besorgt, um sie nach einem Streit milde zu stimmen.

»Was denn für ein Streit?«, hatte ich sie gefragt.

»*Bulirone*«, hatte sie gesagt, »ein Riesenknatsch, Schreierei und alles.« Und hatte geweint. An dem Wochenende waren sie nicht tanzen gegangen. Einen Monat später haben wir sie beerdigt.

»Was war denn mit Mama los? Was hat sie denn so aufgebracht, dass du sie mit den Karten für Muti besänftigen wolltest?«

Er tut so, als müsste er nachdenken, dabei weiß er genau, was ich meine, macht den Fernseher aus und spielt mit dem Feuerzeug. »Eine blöde Geschichte.«

»Was für eine Geschichte?«

»Irgendwas halt.« Er verbirgt das Feuerzeug in der Faust, guckt in die Luft.

»Wegen irgendwas hätte sie aber nicht geweint.«

Er schaltet den Fernseher wieder an. »Sie hat das mit Pannella rausgekriegt, und das mit der Katze auch.«

»Welche Katze?«

»Die mir in Montescudo den Ahorn ruiniert hat.«

»Ja, und?«

»Ich habe sie erschossen.«

»Wen?«

»Die Katze.«

»Du spinnst ja.«

Er wechselt den Fernsehsender, macht wieder aus. »Mama hat Blutspuren entdeckt, da, wo wir immer den Tisch stehen hatten. Und sie war ohnehin schon angespannt, weil sie gerade das mit Pannella rausgefunden hatte.«

»Was denn?«

»Dass ich ihn zweimal gewählt habe.«

»Du hast Pannella und die Radikalen gewählt?«

»1994 und 1996.«

»Ich fass es nicht.«

Er schüttelt den Kopf. »Ich hatte die Nase voll von denen da oben.«

»Und wie hat sie das herausgefunden?«

»Ich hab's ihr erzählt. Und das mit der Katze auch. Wir hatten ja keine Geheimnisse voreinander.«

»Wie konntest du nur.«

»Mit dem Jagdgewehr, bloß ein Schuss.«

Sie zahlen nach vier Monaten. Sie zahlen nach sechs Monaten. Sie zahlen gar nicht. Vielleicht hat er recht: Ich bin schlicht nicht in der Lage, mir mein Geld zu holen. Ich schließe mich im Zimmer ein und telefoniere mit den Schuldnern. Zuerst mit einer PR-Agentur, denen ich eine Marktanalyse zur Nutzung von Leih-Scootern bei TikTok-Usern erstellt habe. Dann mit einem Unternehmen aus Crescenzago, das zu hundert Prozent recyclebaren Modeschmuck produziert.

Ich mahne die Bezahlung an, die PR-Leute sagen, sie zahlen in den nächsten Tagen. Das Unternehmen aus Crescenzago ist sich sicher, dass die Überweisung schon rausgegangen sei. Was heißt das, »schon rausgegangen«? Dass das Geld unterwegs sei. Was heißt »unterwegs«? Heute, vielleicht morgen. Vielleicht? Im Laufe des morgigen Tages, sichern sie mir zu.

Die ewige Ungewissheit, wie am Spieltisch. Die Erschöpfung: Mittwochs sechshundert nach Hause gebracht, freitags achthundert verloren, dann ein Glückstag, dann wieder ein mieses Blatt.

»Du hast Angst, zu gewinnen, Sandro.« Brunis Worte am Anfang, als ich noch die großen Runden scheute.

Es war Nando, der mir Bruni vorgestellt hatte. Im August 2003. Auf der Hochzeit meines Cousins in Longiano. Bevor die Torte angeschnitten wurde, kam er mit einem untersetzten Typ mit geröteten Kinnbacken zu mir und präsentierte ihn als den Sohn seines Ex-Kollegen Maurizio, mit dem wir 1979 zusammen in Urlaub gefahren waren.

»Ihr wart nicht mal ein Jahr alt und habt ständig geflennt, zwei richtige Heulbojen.«

Dann ließ er uns auf der Terrasse des Restaurants allein, wir konnten uns natürlich an nichts erinnern, doch Bruni war sich sicher, mich schon mal im Strandbad Nummer 5 gesehen zu haben, am Volleyballnetz, im August nach dem Abitur, als er am öffentlichen Strand als Rettungsschwimmer arbeitete.

»Und nach dem Rettungsschwimmer?«

»Architektur, aber wahrscheinlich schmeiße ich hin. Ich hab einen Job auf der Pferderennbahn. Schon mal dagewesen?« Und ich hörte erstmals seine typische Art, mit der Zunge zu schnalzen.

»Auf der Pferderennbahn? Nur als Kind mal.«

»Die zahlen gut. Ich hab mir einen Audi gekauft.«

Wir hatten geschwiegen, ein gutes Schweigen, Bruni hatte sich eine Zigarette angezündet und mir eine angeboten, ich spürte, wie meine Schultern sich langsam entspannten. Wir rauchten, er blies den Rauch aus und sagte mit ruhiger Stimme: »Komm doch am Sonntag mal vorbei, da findet der Palio statt. Das ist lustig.«

Nach dem Abendessen klopft er an meine Zimmertür und fragt, ob ich seinen karierten Schlips genommen habe.

»Ich nehme seit fündundzwanzig Jahren keinen Schlips mehr von dir.«

»Aber wo soll ich ihn denn hingetan haben.«

Er macht kehrt und durchwühlt alle Schubladen, den Schrank, den anderen Schrank, das Arbeitszimmer, geht runter und kommt wieder hoch, steht mit hochrotem Kopf vor mir. »Bist du dir sicher, dass du ihn nicht gesehen hast? Der mit dem Schachbrettmuster.«

»Morgen bei Tageslicht findest du ihn bestimmt.«

»Ich brauche ihn aber heute.«

»Gehst du wieder hin?«

Er klappert mit den Absätzen. »Kommst du mit?«

Zehn Minuten später stehen wir in Jeans und Hemd vor dem Spiegel, ohne Schlips. Ich bin einen Kopf größer als er, er legt mir die Hand auf die Schulter und drückt mich auf Augenhöhe. Jetzt sehen wir uns ähnlich: Sturmfrisur und knochiges Gesicht, tiefe Augenhöhlen.

»Hast du einen Bauch gekriegt, Nando?«

Er zieht den Bauch ein und pfeift leise. Dann geht er in die Küche und öffnet die Anrichte, nimmt seine Herztabletten heraus und ein Beutelchen Schmerzmittel, löst es in Wasser auf und trinkt. Er pfeift weiter vor sich hin, bis wir ins Auto steigen. »Der Rücken macht nicht mehr mit. Ich bin alt.«

»Heute Abend tanz ich.«

Er forscht in meinem Gesicht nach der Wahrheit. Doch das ist die Wahrheit.

Wir steigen in den R5, er fährt langsam aus der Einfahrt, damit der Motor warmlaufen kann. Als wir Ina Casa hinter uns lassen, hält er das gemächliche Tempo, eine Hand am Lenkrad, und wir gleiten entspannt über die Ampeln bis zur Piazza Tripoli. Er setzt rückwärts in die Parkbucht, seine Spezialität. Wir springen aus dem Wagen und gehen auf das Atlantide zu. Die Neonschrift leuchtet grell, der Schein reicht bis über das Dach des Gebäudes. Beide glänzen sie, das Atlantide und Rimini.

Beim ersten Mal ist es Zufall. Eine Einladung, eine günstige Gelegenheit, dabei sein. Dabei sein und mithalten können. Das Gefühl: etwas gelernt zu haben, ohne dass es dir jemand beibringen musste.

Ich gehe voraus zur Tanzfläche. Er kommt mir nach und stellt mich den anderen vor. Er weist mir einen Platz in der vierten Reihe zu und postiert sich vor mir, damit ich mir bei ihm die Schrittfolge abschauen kann. Neben mir eine Frau um die fünfzig in Cowboystiefeln, weißer Bluse und High-Waist-Jeans. Die Musik setzt ein, und meine Nachbarin hüpft nach links, er genauso. Ich mache es ihnen nach. Ich sehe sie und sehe sie nicht, die fliegenden Beine, die Fransen an den Lederwesten, die umgeschlagenen Hosenbeine, die konzentrierten, angespannten Mienen, sie kommen, verschwinden, tauchen aus der glitzernden Dunkelheit des Atlantide auf: Ist das wirklich mein Vater, der Mann da mit den schmetterlingsleichten Hüften?

»Los, Sandrin«, ruft er mir mitten in einer halben Drehung zu. Er ist es wirklich, ich weiß, dass er es ist, und wir sind beide Cowboys.

Ein Symptom des Spielers: im Laufe des Tages unwillkürlich daran zu denken. Beim Frühstück, bei der Arbeit, im Zusammensein mit Giulia. Die vage Vorstellung des nächsten Tischs, das Herumrechnen, um teilzunehmen. Immer wieder zwischendurch, fast spielerisch.

Fünf Lieder halte ich durch und will dann aufhören, doch meine Tanznachbarin lässt mich nicht gehen. Lucia heißt sie, ist aus Verucchio, einmal die Woche kommt sie her, allein. Seit dem zweiten Tanz kündigt sie mir die Schritte laut an.

»Hilfe«, schreie ich ihr zu. »Ich bin völlig durchgeschwitzt.«

»In drei Monaten hast du es drauf«, schreit sie zurück.

Er lacht und bleibt auf der Tanzfläche.

Ich entferne mich mit meinem John-Wayne-Hut auf dem Kopf, gehe zur Bar und bestelle einen Americano. Ich setze mich ganz nach vorn, er hat meinen Platz neben Lucia eingenommen.

Der nächste Song beginnt, und sie bewegen sich synchron. Wie wäre er wohl mit einer anderen? Wie ist er ohne sie? Ich suche seinen Blick und Nando meinen, mich überkommt die gleiche Verlegenheit wie damals als Kind.

Bei ihrer Beerdigung war er plötzlich verschwunden. Ein paar erwachsene Schüler erwiesen ihrer ehemaligen Lehrerin die letzte Ehre, dazu alte und neue Freunde, wenig Schwarz. Dafür viele Tulpen. Sie mochte Tulpen.
Don Paolo und ich stöberten ihn hinter der Urnenhalle auf, mit einer Zigarette in der Hand. Er rauchte sie zu Ende, und als wir zusammen zum Grab zurückkamen, wurde sie gerade hinabgelassen.
Er war an die Grube getreten, hatte hineingeschaut und gefragt, ob die Platte mit oder ohne Mörtel eingesetzt würde.

Er tanzt noch zwei Stücke und verabschiedet sich dann mit einer kleinen Verbeugung. Wir verlassen das Atlantide.
Es ist dunkel, doch in Marina Centro ist auch die Dunkelheit taghell. Wir sind verschwitzt und gehen zügig zum R5. Als ich darauf bestehe, zu fahren, willigt er zögernd ein.
Wir steigen ins Auto und atmen tief durch, ich stelle meine Rückenlehne nach hinten und er auch. Er hat den Kopf weggedreht, massiert sich die Nierengegend, die Luft ist klar, und die Bar Tripoli wirft ihr Licht auf den Bürgersteig. Ich will den Motor anlassen, da beugt er sich zu mir und nimmt meinen Ellbogen. Er hält ihn fest, umklammert ihn leicht mit kalten Fingern. Dann lässt er los und stellt mir den Rückspiegel ein. »Nach Mama hatte ich keine Lust mehr.« Er legt den Gurt um.
Ich schnalle mich auch an.
»Hattest du nach Giulia noch Lust?«
Ich lasse den Motor an. »Lele will, dass ich Bibi heirate.«
»Und wie ist sie so?«
»Ich hatte auch keine Lust mehr.«

Immer bereit sein, falls sich die Gelegenheit für einen Tisch ergibt. Falls man einen Anruf bekommt. Oder selbst irgendwo anruft. Das frenetische Sortieren des Startkapitals.

Auf der Fahrt lassen wir unsere Sitze nach hinten verstellt und werden langsamer, als wir Ina Casa erreichen: Von hier wirkt der Largo Bordoni wie ein Amphitheater, mit den niedrigen Wohnblöcken und den erleuchteten Fenstern, die als Publikum auf den Platz schauen. Ich frage, ob er noch mit mir einen Bombolone in der Bar Zeta essen möchte.

Wir halten vor der Bar. Erst will er nichts, dann doch. Er beißt zweimal ab, mehr nicht, Puderzucker im Schnurrbart. Ich mache mit dem Handy ein Foto von ihm und schicke es ihm ungefragt, er sieht es, als wir das Auto vor dem Haus abstellen.

»Schau dir nur mein Gesicht an. Ich bin alt«, sagt er.

»Hör schon auf.«

Er nimmt eine Zigarette, will sie anzünden. »Ich hab nicht mehr lang, Sandrin.«

»Hör auf damit.«

»Das haben sie im Krankenhaus gesagt.«

OKTOBER, NOVEMBER

P asadèl: Den Spitznamen gaben ihm Mitte der Neunzigerjahre die Kollegen des Freizeitwerks der Eisenbahner in Rimini, nachdem sie ihn auf der Festa dell'Unità hatten tanzen sehen: ein nicht mehr ganz junger Mann, klein und unauffällig, aber leistungsstark. Nando Pagliarani, der *Pasadèl*.

»Stört es dich, dass sie dich so nennen?«

»Im Gegenteil, dann muss ich immer an unsere Suppennudeln denken, die *Passatelli*, hervorragend.« Ich helfe ihm aus dem Bett, er zieht sich alleine an und geht ins Bad. Ich höre ihn mit dem Aftershave hantieren, sprühen, dann steht er wieder vor mir und sagt, er wolle eine Runde ums Haus drehen. Vorher trinken wir noch einen Tee, in den er ein paar Kekse tunkt. Wir gehen die Treppe hinunter, er läuft langsam voraus, bleibt am Gartenzaun stehen.

»Um die Beete tut es mir leid, Sandro.«

»Ich kümmere mich drum.«

»Aber dir macht das keine Freude.«

»Hast du 'ne Ahnung.«

»*Ma va' là.*«

»Nichts da. In die Erdbeeren setze ich Regenwürmer, die Tomaten kriegen ihre Asche gegen die Spinnmilben. Und pflanzen nur bei zunehmendem Mond.«

Er glaubt mir nicht. Er fragt nach seinem Fischerhut, ich hole ihn aus der Garage, er setzt ihn auf und zieht ihn sich tief ins Gesicht. Wir haben zwei Klappstühle an die Beete gestellt, seiner hat marineblaue Streifen. Er setzt sich. »Na dann, los, *fam véda.*«

»Jetzt?«

»Ja.«

Beim Umgraben legt er besonderen Wert auf die richtige Spatenhaltung, wie bei einem Tennisschläger. Im Stadion beim Rom Masters war er immer wieder darauf zurückgekommen: Jetzt sieh dir mal Rafas Vorhand an, das ist ein ordentlicher Semi-Western, und schau, dein Roger, der hält den Schläger, wie's ihm grade passt.

»Los, *fam véda*.«

Ich krempel die Ärmel hoch und nehme den Spaten. Bringe mich zwischen den Kürbissen in Stellung.

»Weiter oben, du musst ihn weiter oben anpacken.«

Ich lasse die Finger höher wandern.

»Ja, so ist es gut.«

»Hier.«

»Mal sehen, was das für prächtige Tomaten werden.«

Seine starken Beine: Sechs von zehn Mal steht er ohne meine Hilfe auf. Neulich abends hatten wir Prince aufgelegt, er wippte mit den Füßen dazu. Heute nimmt er freiwillig das höherdosierte Schmerzmittel, das die Onkologin ihm verschrieben hat.

»Letztendlich war sie gar nicht so verkehrt, der alte Sauertopf.«

»Die schlimmste Ärztin in ganz Italien.«

»Das habe ich dir noch gar nicht erzählt«, seine Stimme klingt belegt, er ist müde. »Das war an einem Dienstag. Ich komme bei ihr ins Behandlungszimmer, und noch bevor ich mich setzen kann, fängt sie schon mit diesem Tumor an. Der sei auch schuld an meinem Blähbauch und dem Stechen im Rücken und der weißen Kacke. Und habe schon gestreut. Wir standen uns stocksteif gegenüber, und sie guckte ganz sauertöpfisch. Aber gleichzeitig strahlte sie so eine Ruhe aus, als hätte sie gesagt: Heute regnet es, oder: Frikadellen werden aus Hackfleisch gemacht. Eine angenehme Ruhe.«

»Eine angenehme Ruhe?«

»Als ich aus dem Krankenhaus kam, hatte ich irgendwie diese angenehme Ruhe in mir. Bin erst mal auf den Markt gegangen und hab Sardellen gekauft.« Er fährt sich mit der Hand durchs Gesicht und lächelt, als sei alles ganz einfach. »Dann habe ich eine Piada gemacht, Pflücksalat und Zwiebeln aus dem Garten geholt, die Sardellen geputzt und in die Pfanne geworfen.«

»Hat's geschmeckt?«

»Natürlich hat's geschmeckt.«

»Und dann?«

»Dann habe ich dich angerufen, und du standest gerade im Supermarkt vor der Tiefkühltheke.«

Unsere Kartenspiele machen wir jetzt am Nachmittag. Es steht einundzwanzig zu siebzehn für ihn. Auf dem Bett, Scala 40: Er lehnt am Kopfteil, ich sitze quer vor ihm. Die Decke zwischen uns wird immer schön glattgestrichen, damit die Karten nicht verrutschen. Es macht uns beide wahnsinnig, wenn die Karten verrutschen.

Die erste Runde geht an mich. Die zweite auch, wütend lässt er den Kopf ins Kissen sinken. Er schließt die Augen und droht einzuschlafen. Reißt sie wieder auf. »Der Driss da von früher hat hoffentlich in Rimini nichts zu suchen, oder?«

»Welcher Driss denn.«

»Dein Driss da.«

»Kein Driss weit und breit.«

Er nimmt den Stapel Karten und schließt wieder die Augen, mischt.

Vor zwei Monaten bekam ich eine Überweisung von achttausend Euro auf mein Konto. Ich erhielt eine Benachrichtigung und schaute nach, das Geld war von ihm. Als ich ihn zur Rede stellte, saß er vor dem Fernseher und sah sich die Wiederholung des Spiels zwischen Nadal und Coria beim Masters 2005 an.

»Was soll das?« Ich zeigte ihm die Nachricht.

»Zinsen.«

»Was für Zinsen?«

»Für die Renovierung unten.«

»Ach, die fünftausend, die ihr mir nach drei Wochen zurückgegeben habt. Für eine Wohnung, die ihr für mich renoviert habt?«

»Zieh mit Bibi da ein.«

»Willst du mich beleidigen.«

Er lässt Nadal nicht aus den Augen.

»Du willst mich beleidigen.«

»Schau dir nur Rafas Vorhand an, und das schon mit zwanzig!«

Ich war Brunis Einladung zur Pferderennbahn gefolgt. Er holte mich am Eingang ab und ging mit mir zu den Monitoren. Von hier aus hatte man die ganze Rennbahn und die Terrasse im Blick. Seine Aufgabe war es, die Rennen und die Vorbereitung der Pferde zu überwachen. Er tippte auf den linken Bildschirm und den Namen eines Vollblüters, Sunrise92.

»Heute alle Scheinwerfer auf Sunrise, Sandro.«

»Ist er stark?«

»Auf dem Papier schon. Die richtigen Treffer erzielt man allerdings eher mit den Mitfavoriten und den Außenseitern.« Sein Finger rutschte in die Mitte des Monitors. »Emmet88.«

»Was denn für Treffer?«

»Wetten.«

»Wetten.«

»Wetten.«

Ich war an den Bildschirm getreten. »Kannst mir ja später erzählen, ob er gewonnen hat.«

»Willst du nicht bleiben?«

Ich hatte einen Termin mit meinem Professor für die Abschlussarbeit, deshalb wollte ich nach Bologna zurück.

»Aber wetten kannst du doch trotzdem.«

»Wo denn?«

»Ich habe einen Freund. Fünf Euro auf unseren Emmet, einverstanden? Er steht bei sieben, dann gewinnst du wenigstens ein bisschen was.«

»Und wenn er nicht siegt.«

»Verlierst du fünf Euro, mehr nicht.«

Manchmal bittet er mich morgens, die Fenster aufzumachen, trotz der Kälte. Oktober und November sind seine Monate. Wegen der Kakifrüchte. Als Kind kletterte er immer auf den Baum, pflückte sich eine und aß sie unter dem Walnussbaum, neben sich den bellenden Mascarin.

»Kakis im November, Jujube im August«, murmelt er vor sich hin, während ich ihm die Haare schneide. Für den Nacken klemme ich sein Genick zwischen die Finger. Er kratzt sich an der Schulter, wo der Port für die Chemo liegt.

»Hättest du das noch mal über dich ergehen lassen?« Er schaut auf. »Für drei Monate länger?«

Ich schalte den Rasierer ab. »Du hast drei Monate länger und eine Million mehr, was machst du?«

Er lächelt. »Den Pflaumenaugust, so wie du, *Patàca*.«

Die anderen kommen ihn besuchen: Lele, Walter, Don Paolo. Stehen unten an der Treppe, sagen kurz Hallo und sind wieder weg, oder sie kommen hoch, wenn er nicht zu schlapp ist. Oder wechseln ein paar Worte über den Gartenzaun hinweg, wenn wir auf unseren Stühlen neben den Beeten sitzen. Einmal waren sie zufällig alle gleichzeitig da, und wir saßen kaffeetrinkend um Nandos Bett herum. Als ich uns so sah, ihn, mich, sie, alles Männer, da dachte ich, dass das Leben so sprunghaft geworden war, seit unsere Frauen weg waren.

Heute kommt nur Lele zu Besuch. Er bleibt lange: Sie reden über Filme, Troisi hin, Troisi her. Für Lele ist Troisi der einzig wahre Erbe De Filippos, Nando mag ihn nicht einmal in *Der Postmann*.

Dann ganz unvermittelt: »Gaetano Scirea.«

Er teilt mir mit, dass er bei Notar Lorenzi sein Testament hinterlegt habe, reine Formsache. Und dass er mir noch den Boiler erklären wolle und den ganzen Rest, um den man sich im Haus kümmern müsse. Und im Arbeitszimmer liege der Ordner »Abrechnungen«, da stehe alles drin.

»Ruh dich aus.«

»Interessiert dich das Testament denn gar nicht?«

Ich schüttele den Kopf.

»Ein Glück, dass es die Bar America nicht mehr gibt. Sonst hätte ich dir nur Schulden hinterlassen.«

»Oder einen Job.«

Er weiß nicht, ob er lachen soll. »Und die Uni?«

»Nächstes Semester.«

»Wie viel kriegst du?«

»Fünfzehn brutto.«

»Fünfzehn brutto«, er rechnet im Kopf nach, wie viel das im Monat ist. »Und Nike?«

»Hat dir wohl gefallen, meine Idee.«

»Die war gut.«

»Ich habe noch keine Antwort bekommen.«

»Die antworten nicht, die zahlen nicht. Was ist das nur für ein Elend heutzutage.«

»Und du machst dir Sorgen wegen des Lasters ...«

»Was das Kleingeld aus dem Testament angeht«, er lässt den Blick durch die Balkontür schweifen. »Von mir aus kannst du es krachen lassen.«

Die fünf Euro, die ich Bruni für Emmet88 gegeben habe. Meine Hand, die ins Portemonnaie greift, sucht, den Geldschein herauszieht und ihm reicht: fest davon überzeugt sein, dass sie verloren sind. Und trotzdem insgeheim daran glauben, dass sie als Vielfaches zurückkommen.

Essen fällt ihm schwer. Philadelphia auf ein Stück Brot, eine Scheibe Hühnchen, ein paar Cracker.

»Was hast du dir heute gemacht?«, fragt er.

»Pasta.«

»Mit was?«

»Pesto.«

»Hast du das Gas mit einem Streichholz angezündet?«

»Mit dem Feuerzeug.«

»Mit dem Streichholz kocht es sich besser.«

»*Ma va'.*«

»Herrgott noch mal, was für ein Dickkopf. Arme Bibi.«

»Die kocht ja selber nicht.«

»Und was esst ihr dann?«

»Wir gehen essen.«

»Ja, ins Restaurant *Für arme Schlucker.*«

Und sobald Bruni den Wetteinsatz in der Hand hält, der Gedanke: verdoppeln. Und es tun: Noch mal ins Portemonnaie greifen und zehn setzen.

Sie haben immer gemeinsam gekocht, er am Herd und sie immer zwischen Kühlschrank und Spüle. Ihre Wege kreuzten sich an der Arbeitsfläche neben der Kaffeemaschine: schälen, schneiden, würfeln, würzen.

Den Fisch kochte sie, immer freitags. Er das Fleisch, im Winter isst man in der Romagna fast täglich Fleisch. Im Sommer lieber Pasta mit Tomatensauce zu Mittag, abends Gemüse und Tintenfischspieße. Und die Piada? Die Piada statt Brot: Sie machte den Teig selbst, benutzte kein Schmalz, sondern Olivenöl aus Montescudo. Da hielt er sich raus.

Solange er keine akute Atemnot hat oder Schmerzen in der Seite, kommt der Palliativdienst einmal in der Woche, um ihn neu einzustellen. Hartnäckig lehnt er die Schmerzpumpe für das Morphin ab, nimmt es lieber nach Bedarf. Er will auch keine Antidekubitusmatratze und keine Seitengitter am Bett.

Diesmal kommen gleich zwei Pfleger, aber erst eine Stunde nach meinem Notruf: Er hat starke Rückenschmerzen, ausgehend von den Lymphknoten. Er klagt nicht, gläserner Blick und steife Beine. Gestern Nacht haben wir mithilfe verschiedener Kissen nach einer guten Position gesucht, irgendwann mit Erfolg.

»Ach, die Kissen«, hat er zu mir gesagt, als es draußen schon hell wurde. »Die Kissen und damals, als du tot warst.«

Damals, als ich tot war, waren wir zu siebt auf dem Hof Mulazzani, am Osthang von Covignano. Es war der Frühlingsanfang im März vor meinem Abi. Zwei andere und ich sollten in den Saukoben steigen, ein Ferkel fangen, es herausheben und herumreichen, damit jeder einen Wunsch an die Madonna äußern konnte. Früher war der Brauch ungleich brutaler, da wurde das Tier noch geschlachtet.

Ich hatte den Stall betreten und mir das Ferkel geschnappt, glitt dann aber aus, und die Sau ging auf mich los. Sie konnten mich gerade noch rausziehen, ich hatte das Bewusstsein verloren und wäre im Krankenhaus beinahe draufgegangen. Als ich einen Monat später wieder nach Hause kam, jonglierte er in meinem Zimmer mit den Kissen herum: Wie hättest du sie gern, lieber hier oder da, hier drunter oder besser seitlich, bis ich endlich liegen konnte.

»Und wenn ich wirklich gestorben wäre, Nando?«

Er hebt die Hand wie zur Ohrfeige, seine Art als Todkranker, mich zum Teufel zu schicken.

Dann geht es los: »Was machen wir?«

An manchen Tagen in Endlosschleife, es beginnt ganz harmlos und wird immer drängender. Was machen wir? Was machen wir? Was machen wir?

Anfangs habe ich noch zurückgefragt, wie er das meine, doch er erwiderte nur: »Was machen wir?«

Hinter dieser Frage verbirgt sich das Wissen um das nahende Ende, sagt die Psychologin im Krankenhaus. Ein bis zwei Stunden hält das an, manchmal ist es nur ein Flüstern, und er saugt Nasenflügel und Wangen ein. Dämmert weg. Wenn er wieder aufwacht, verlagert sich die Frage ins Motorische: Er krallt die Finger ins Laken, zieht sich hoch und lässt sich zurückfallen.

Dann alles von vorne.

»Was machen wir, Sandrin?«

Ich streichele seine Hände. »Was willst du denn machen?«

»Zum Henker mit mir«, presst er zwischen den Zähnen hervor.

Den Fluch habe ich schon als Kind von ihm gehört, wenn das Geld nicht reichte oder er im Garten mit einer besonders hartnäckigen Wurzel rang.

Elf Monate hatte ich nicht gespielt. An einem Freitag im April fing ich wieder an. Es war vormittags, Giulia bei der Arbeit. Sie trug noch ihren Bob, vielleicht auch nicht: Die Aussicht auf einen Spieltisch vernebelte mir immer den Blick.

Ich hatte in der Agentur Bescheid gesagt, dass ich heute nicht kommen würde, hatte mich angezogen und war losgegangen. Auf dem Piazzale Loreto hob ich zweihundertfünfzig Euro mit der EC-Karte ab, dann noch mal zweihundertfünfzig mit der Kreditkarte, und hatte sie schon zu Bündeln sortiert, bevor ich überhaupt geklärt hatte, ob ich zu einem Express-Tisch zugelassen wurde.

Der Express-Tisch: keine Empfehlungen, Leute kommen einfach vorbei, unabsehbare Verluste. Anfänger zum Ausnehmen und verborgene Allianzen. Vernichtende Niederlagen und schmutzige Bluffs.

Ich zog das Handy aus der Tasche und rief an, wurde vertröstet. Zwanzig Minuten später kam der Rückruf mit dem Angebot: ein Tisch im Viertel Solari, in zwei Stunden. Zweihundert, um einzusteigen, danach offen.

Ich fuhr nach Hause, nahm unser Scheckbuch und vierhundert in bar, die eigentlich für Notfälle reserviert waren.

Die Wohnung lag in der Via Montevideo, in dem Haus mit der Majolika-Fassade und den herrschaftlichen Balkonen. Prächtige Jugendstilverzierungen und rote Geranien. Und drumherum Mailand, wo das Schicksal des Einzelnen im Autolärm, Stimmengewirr und der Eile der Anderen untergeht und man sich gut verstecken kann.

Ich setzte mich auf eine Bank neben eine Frau mit einem Terrier auf dem Schoß und wartete, ließ dabei den Hauseingang nicht aus den Augen. Der erste Spieler kam zu früh. Der zweite kam auch zu früh. Was uns eint, ist die Ungeduld: Wir irren umher, bleiben stehen und treten uns die Beine in den Bauch, kramen in den Hosentaschen, ziehen die Hände hervor, vergraben sie wieder, rauchen und kauen dabei Kaugummi.

Nach zehn Minuten hatte ich die Straße überquert und war hochgegangen. Ich hatte die Wohnung betreten und die Anwesenden begrüßt, den Mantel zunächst anbehalten, wollte mir erst einen Überblick über Tisch und Sitzgelegenheiten verschaffen, ich kontrollierte das Kartendeck, ob es neu und eingeschweißt war. Dann goss ich mir bei den Getränken einen Amaro ein und nippte daran. Als schließlich der vierte Spieler eingetroffen war, ließ ich mir Chips von kleinen und mittleren Werten geben.

Ich nahm Platz und prüfte mit ausgestreckten Beinen meinen Bewegungsspielraum unter dem Tisch. Neben mir saß einer, der vielleicht Russe war, die Augen von den Brauen überwuchert. Er murmelte leise vor sich hin, harter Akzent und gutturale Laute, seine Art, das Kinn vor- und zurückzuschieben.

Dann wurde gegeben. Der Russe murmelte kurz weiter und verstummte, rauchte. Ich verlor dreihundertsechzig: Ich hatte noch fünfhundertvierzig in bar und das Scheckheft über die dreitausend auf unserem gemeinsamen Konto.

Die zweite Hand, es wurde gemischt, ich bekam ein Paar Siebener auf die Hand, der Russe tauschte drei Karten, wir setzten, der Pot füllte sich. Auf zwölf Uhr ein Venetianer mit Spitzbart und Samtjackett, auf drei Uhr eine junge Frau um die dreißig mit winzigen Glitzersteckern in den Ohrläppchen. Die hätte ich für Giulia gewinnen können. Persönliche Gegenstände sind als Einsatz zugelassen.

Ich erhöhte, sie gingen mit, wir tauschten Karten, und ich setzte, sie erhöhten, und ich erhöhte meinerseits, dann stieg ich aus. Der Russe hatte eins vier gewonnen, der Venetianer leichte Verluste.

Die dritte Hand ging an ein Chamäleon Mitte vierzig, still, Brille mit Titangestell. Chamäleons: schweigsame Spieler, die sich zuerst mit dem Tisch vertraut machen, um dann in der entscheidenden Phase abzuräumen.

Vor der letzten Hand machten wir eine kurze Pause. Ich stand auf und trat ans Fenster, alle erhoben sich, ich brauchte bei Unterbrechungen immer frische Luft. Das Fenster zum Park, die Bank war leer und die Frau mit dem Terrier nicht mehr da. Am Spieltisch stiegen dünne Rauchfahnen aus dem Aschenbecher auf. Ich blieb am Fenster stehen, der Russe wechselte noch einmal Bargeld zu Chips, der Venetianer saß auf dem Sofa. Das Chamäleon hantierte mit den Spirituosen, die Frau lehnte an der Wand und spielte an ihrer Armbanduhr herum. Ich hatte noch Chips im Wert von zweihundert irgendwas, genug, um zu spielen und mit Netz aufzuhören. Mit Netz aufhören: die Fähigkeit, sein Glück nur so weit herauszufordern, dass die Verluste zu verkraften sind.

Ich hatte das Scheckheft hervorgezogen und weitere tausendachthundert eingetragen.

Er heult und heult: Am Abend, meist vor Mitternacht oder gleich danach. Der Tageswechsel macht ihm zu schaffen. Ein Jaulen, das in einem Gurgeln verebbt.

Die Stunden danach sind ungewiss. Er schläft oder lässt sich eine Seite aus einem Buch vorlesen, oder er sieht fern, fragt nach Bibi.

Diesmal will er das Fotoalbum anschauen. Er blättert darin herum, erzählt von seiner Mutter und ihrer weißen Stute mit der Kalesche hintendran, mit der sie sonntags durch San Zaccaria kutschierte. »Ich würde hunderttausend Euro geben, um noch einmal dorthin zu fahren«, er hustet.

»Hat sie die Kutsche selbst gelenkt?«

»Ich verkaufe hier alles, mit hunderttausend Euro sitze ich wieder in der Kalesche nach San Zaccaria, nächsten oder übernächsten Sonntag.«

»Hunderttausend sind zu wenig.«

»Und du?«

»Ich was?«

»Eine Erinnerung und wie viel du dafür geben würdest.«

Ich lache. »Du immer mit deinen Spielchen.«

»Deine Spiele sind in Ordnung und meine nicht, oder was.«

Ich strecke mich auf dem Bett aus und denke nach, obwohl ich die Antwort schon kenne. »Kurz vor Weihnachen mit Caterina am Küchentisch. Ich bin noch klein, und im Ofen backen die Plätzchen mit bunten Zuckerperlen, und sie flüstert mir zu: Morgen ist Heiligabend, Muccio.«

»Schön.«

»Wenn ich daran denke, bin ich glücklich.«

»Wie viel würdest du geben?«

»Fünfzigtausend.«

»Und wofür gibst du hundert? Für Bibi?«

»Du hast ja einen Bibi-Spleen.«

»Mama hätte sie gefallen.«

»Du kennst sie ja nicht mal.«

»Die andere auch, Giulia.«

»Was spielt das für eine Rolle?«

»Mama hat immer gesagt, dass du sie nicht mitbringst, weil du schon wusstest, dass du sie auch verspielen würdest.«

»Aber ich hab sie doch mitgebracht.«

»Drei Mal.«

»Soll heißen?«

»Soll heißen, dass die Karten dir auch das Gefühl für die Frauen rauben.«

Ich schiebe mir das Kissen zurecht. »Wie auch immer: fünfzigtausend für Bibi.«

»Fünfzigtausend für das bisschen Rumgeflirte?«

»Sie sieht gut aus.«

»Sehr gut?«

Ich strecke mich. »Ich fühle mich wohl mit ihr.«

»Also hundert für Bibi. Und noch mal hundert wofür?«

»Herrgott noch mal, du nervst, Nando.«

»Komm schon«, er reckt die Brust, »komm schon.«

Ich sehe zur Decke. »Damals der Abend während der *Notte Rosa*, ein Drilling direkt auf die Hand.«

»Aha.«

»Ja.«

»Wie viel hast du gewonnen?«

»Nicht viel. Aber einen Drilling auf die Hand.«

»Keinen Vierling?«

»Natürlich nicht.«

»Keinen Vierling? Vier gleiche Karten, das hätte dir gefallen.«

»Allerdings.«

»Ist das mal jemandem passiert, den du kennst?«

Ich nicke. »Einem Typen aus Buccinasco.«

»Und wie viel hat er gewonnen?«

»Weiß ich nicht mehr.«

»War er glücklich?«

»Wir sind doch niemals glücklich.«

»Ihr?«

»Du gäbst wirklich einen großartigen Carabiniere ab, du solltest unten bei der Hafenpolizei die Verhöre führen.«

»Wie seid ihr denn, nun sag schon.«

Und ich würde gerne sagen: Wir sind mitten im Leben.

Doch er denkt gerade nach, legt die Hand auf den Mund und lässt sie dann abrupt sinken. »Das wäre schon was, so ein Vierling. Ein schöner alter Bauernhof zum Renovieren, mit Pool.«

»Was hat denn ein Bauernhof damit zu tun?«

»Mein Vierling.«

»Lieber eine Dachwohnung in Buenos Aires.«

Er rümpft die Nase. »Nicht mehr London?«

»Buenos Aires ist auch ein Hauptgewinn.«

»Und Leimkraut-Omelette.«

»Schöne Titten.«

»Die schrillen Pfiffe der Züge in den Bahnhöfen, die haben wir bis in die Werkhalle gehört. Tina Turner. Die Stute und die Kalesche.«

»Die Karten.«

Er sinkt in sich zusammen. »*Al savéva mè.*«

»Was fragst du dann, wenn du es eh wusstest? Ich die Karten und du deinen Gaul.«

»Eine weiße Stute am Sonntagnachmittag.«

Ich stehe auf und helfe ihm in eine bessere Position.

Er klammert sich an mich. »Manchmal hat auch Papa die Zügel geführt.«

Dann klingelt Don Paolo an der Tür, er versucht es schon zum zweiten Mal. Er will nicht aufmachen und späht drei Minuten später aus dem Fenster. Don Paolo steht noch da. »Lass ihn hochkommen.«

Ich biete ihm einen Kaffee an, Paolo lehnt ab und hakt sich den Karabiner mit den Schlüsseln vom Hosenbund. Er legt ihn auf den Tisch neben seine Jacke und geht ins Zimmer. Er macht einen Bogen um das Bett und setzt sich an seine Seite.

Ich flüchte ins Wohnzimmer, in die Küche, wieder ins Wohnzimmer, gehe in den Hof und blicke zum Zimmerfenster hinauf.

Sie reden eine Stunde lang. Als Paolo in die Küche kommt, hakt er sofort den Karabiner wieder in die Schlaufe und zieht die Jacke an. Ich bringe ihn zur Tür.

»Weißt du, was Andreotti einmal zu mir gesagt hat? Den festesten Glauben haben am Ende immer die Kommunisten.«

Als ich zu ihm ins Zimmer gehe, hat er den Fernseher eingeschaltet und zappt durch die Sender, er hat Schmerzen in der Seite. Er lässt sich eine Morphin-Tablette geben und starrt mich an. »Ich habe Don Paolo gefragt, was besser ist: gläubig oder glaubwürdig sein.«

Ich decke ihn zu. »Weder noch.«

»Er ist überzeugt davon, dass ich sie wiedertreffe. Mama, meine ich.«

Er will sie besuchen, sagt es nebenbei auf dem Weg ins Bad. »Aber vorher rasiere ich mich noch.«

Ich lege die Sachen bereit und bringe ihm einen Stuhl, er stemmt sich hoch und betrachtet sein Spiegelbild.

Ich hole den Wäschekorb aus dem Zimmer, um die Waschmaschine anzustellen. Ich habe nur noch eine saubere Hose und ein Jeanshemd. Und ein paar Sachen von früher: einen Trainingsanzug, die Kordjacke, eine Alltagshose. Ich hab ihm gesagt, ich müsse nach Mailand, meine Kleider holen und bei der Uni vorbeischauen. Außerdem wollte ich den Ordner mit den Befunden im Institut für Krebsforschung IEO und in der Niguarda-Klinik einreichen, konnte ihn aber nicht finden.

»Fahr einfach ohne ihn nach Mailand«, hat er gesagt.

»Wo hast du ihn hingetan?«

»Vergiss es.«

»Einen Scheiß tue ich.«

»Vergiss es«, seine dünne Stimme. »Mailand liegt ja nicht mal an der Adria.«

Ich gehe zu ihm ins Bad. Er hält den Kopf ins Licht, fährt sich mit dem Zeigefinger über die Nase. »Ich bin ganz grau. Wir bleiben hier.«

Die Wohnungen, in denen wir spielten, wechselten von Mal zu Mal. Es gab nur wenige wiederkehrende, sichere, meist wurden sie von einem Vertrauensmann oder einem Immobilienmakler zur Verfügung gestellt, der damit einen Leerstand überbrückte. Halbe Tage, sechs Stunden, manchmal ganze Tage.

Gezahlt wurde bar auf die Hand, plus Endreinigung. Via Vitruvio, Via Fiamma, Corso Vercelli, am besten innerhalb des zweiten Rings von Mailand, fast immer kahl bis auf den Spieltisch, die Stühle und ein Sofa. Dann kam die möblierte, leerstehende Wohnung in der Via Bazzini, fünf Monate lang. Das Bücherregal aus Kirschbaumholz, die Badewanne mit den Tatzen, Rauten-Tapete an den Wänden und Jellybeans in der Silberschüssel.

Wir vermieden jeden Lärm, brachten keine Klingelschilder an, kamen und gingen einzeln.

»Du hast gespielt, weil du so bist, Sandrin.«

»Wie bin ich denn?«

»So halt, ein bisschen hier, ein bisschen da.«

»Ich habe gespielt, weil es mir Spaß macht, Punkt.«

»Das heißt doch nichts, ich spiele auch gern, aber doch nicht um Geld.«

»Weil du keine Gelegenheit dazu hattest.«

»Hatte ich wohl. In Milano Marittima saßen sie immer in der Halle und warfen mit den Millionen um sich.«

»Und du wolltest nicht?«

»Ich hatte ja die Mädchen.«

Er möchte lieber für sich sein und nicht reden. Je nach Tagesform: Wenn er gut drauf ist, geht er ans Telefon. Tippt viel auf dem Handy herum. Manchmal kündigt er den Besuch eines entfernten Verwandten oder früherer Kollegen an. Heute: ein Freund aus Cervia.

»Seit wann hast du Freunde?«

Einmal, vor vielen Jahren, hatte er eingeräumt, dass es seit der Hochzeit immer weniger wurden. Es blieben eine Handvoll Eisenbahner, abends traf er sich mit den Männern von Caterinas Freundinnen. Er passte sich an, unterhielt sich gut, und dann plötzlich: Der und der gefällt mir nicht. Warum nicht? Nur so ein Gefühl. Der und der passt mir nicht. Warum nicht? Nur so ein Gefühl. Der und der meint es nicht ehrlich. Wie kommst du darauf? Nur so ein Gefühl. Außerdem waren angeblich alle in seine Caterina verliebt.

Der Freund aus Cervia kommt tatsächlich und zieht seine Jacke nicht aus, er hat die Augenbrauen eines Mädchens und eine dunkle Stimme. Er nennt ihn Ferdinando. Irgendwann höre ich lautes Gelächter aus dem Zimmer: die Fröhlichkeit ihrer Jugend?

Im Zug auf dem Weg nach Bologna hatte mein Handy geklingelt und eine Nummer aus Rimini angezeigt. Ich war rangegangen. Eine Stimme sagte, ich hätte sechzig gewonnen.

»Was?«

»Sechzig Euro, mein Lieber.«

»Wie bitte?«

»Emmet88.«

»Bruni, bist du das?«

»War eine gute Entscheidung, zehn statt fünf zu setzen.«

»Emmet hat gewonnen?«

»Du hast die Gabe, Sandro.«

Sein rostfarbener, nach Aftershave duftender Wollpullover mit den Flicken auf den Ellenbogen: Er lässt den Blick an mir auf und ab wandern, wie früher, wenn ich ihm ein Kleidungsstück entwendet hatte.

»Schultern zurück, sonst hast du einen Buckel.«

Ich schiebe die Schultern nach hinten, trete vor ihn und fahre mir mit der Hand über Brust, Bauch, Seiten und Arme. »Bisschen eng.«

»Steht dir gut«, er winkt mich heran. Streicht mir mit ausgestreckter Hand den Rücken glatt.

»Einmal hat Caterina ihn ganz lange eingeweicht, mein Geruch ging trotzdem nicht weg.«

Er schließt die Augen.

»Hallo, Sandro? Ich hab wieder ein Pferd für dich. Ein heißer Tipp, eben reingekommen.«

»Bruni, hallo. Ich bin noch an der Uni, kann ich dich zurückrufen?«

»Der Favorit ist angeschlagen, und das weiß noch keiner. Ich habe einen Iren, der ist heiß.«

»Die Sechzig verprasse ich schön im Diana. Kennst du den Laden? Phantastische Tortellini in Brühe gibt's da.«

»Setz zwanzig auf den Iren. Ein Insidertipp.«

»Ich weiß nicht so recht, Bruni.«

»Wär doch eine Schande bei deinem Talent.«

»Zwanzig?«

»Zwanzig.«

Gegen acht Uhr abends schläft er ein und wacht nachts mehrmals auf. Wir lassen die Türen offen, damit ich ihn höre, wenn er Hilfe braucht. Er muss auf die Toilette, sucht eine neue Liegeposition, vor einem Monat wollte er plötzlich im Morgengrauen auf den Balkon.

Diesmal fällt er sofort in den Tiefschlaf, und ich auch. Morgens wache ich auf und gehe zu ihm: Er ist wach und braucht nichts, aber er sieht aus, als hätte er die ganze Nacht nicht geschlafen.

»Zwei Sachen, Sandro.«

»Was denn.«

»Wir müssen uns Hilfe holen, den Pflegedienst aus der Via Dario Campana, du brauchst Entlastung.«

»Nein, brauch ich nicht.«

Er holt tief Luft: »Und zweitens: Ich will Mama Blumen ans Grab bringen.«

»Das kann ich für dich machen.«

»*A vèng ènca mè.*«

»Du willst wirklich mit? Heute?«

»Morgen kann ich nicht.«

Wir haben keine Eile: Wir ziehen den Trainingsanzug an, in aller Ruhe. Wir gehen gemeinsam die Treppe hinunter, steigen ins Auto. Er freut sich, dass wir den R5 nehmen. Ich habe seine Lehne zurückgeklappt, er schiebt das Kissen zwischen sich und die Beifahrertür, und als wir beim Losfahren über die Schwelle der Einfahrt rumpeln, hebt er den Daumen, alles ok. Mit zunehmendem Tempo fährt der R5 ruhiger. Letztlich wollte er ihr doch keine Blumen bringen.

Wir brauchen fünfzehn Minuten, er schimpft mit mir, wenn ich die Kurven schneide, wir erreichen den Friedhofsvorplatz, wo er sofort den an seinen Alfa Romeo MiTo gelehnten Lele sieht.

»Du hast ihm Bescheid gesagt.«

»Kleine Unterstützung.«

Lele öffnet die Beifahrertür, packt das Kissen, bevor es zu Boden fällt. Wir helfen Nando beim Aussteigen und gehen untergehakt bis zur höher gelegenen Urnenhalle. Wir fassen ihn unter und erklimmen die Treppenstufen, er schwankt.

»Entschuldigt.«

»Wofür.« Lele lässt uns allein.

Wir gehen zu ihr. Ich helfe ihm, sich auf einen Stuhl zu setzen, trete beiseite, während er das Kinn in die rechte Hand stützt, den Ellbogen auf der Armlehne, und sie ansieht.

Als wir wieder zu Hause sind, ist er erschöpft. Merkt aber trotzdem noch, dass ich das Licht im Badezimmer angelassen habe.

»Mache ich gleich aus.«

»Ja, du immer mit deinem gleich.«

Ich schaffe es nicht, ihn zum Schlafen fertig zu machen. Er fällt aufs Bett. Seine Lider hängen tief, er redet mit leiernder Stimme. Ich lege ihn hin, so gut es geht, ziehe den Rolladen hoch und lasse das Licht des frühen Abends herein.

Ich gehe hinaus und widerstehe dem Impuls, die Tür hinter mir zuzuziehen, lasse sie einen Spalt offen, gehe duschen. Ich mache mir eine Piada warm, mit rohem Schinken und Frischkäse. Ich kaue und schlucke, die Sabatinis grillen, Rauchfahnen kreiseln in die Höhe, die verbogene Stehlampe, die Sukkulente auf der Fensterbank, unser Regal. Die Kaffeemühle dient jetzt nur noch als Stütze für das Kochbuch. Ihre Rezeptsammlung, die halbe Seite mit dem Ragù-Rezept. Er hat es aufbewahrt, obwohl er immer frei Schnauze kocht.

»Wie lange hat er noch?«

»Ein paar Monate, drei vielleicht.« Die Onkologin und ich hatten uns in ihrer Praxis gegenübergestanden.

»Sein Vater hatte auch Bauchspeicheldrüsenkrebs.«

»Das hat er mir gar nicht erzählt.« Sie ging um ihren Schreibtisch herum, setzte sich und deutete auf den Stuhl gegenüber. Ich blieb stehen, im Hintergrund die leuchtend gelbe Tapete und das Foto von einem Kind im Fechtoutfit. Und wenn ich so drüber nachdenke, keine Spur von angenehmer Ruhe.

Drei Monate. Jetzt sind es schon vier. An manchen Abenden erzählt er mir von der Weihnachtsbeleuchtung der Sabatinis: Wenn sie den Garten wie immer sehr frühzeitig schmücken, werden es fünf sein.

Mit Emmet88 hatte ich gewonnen und mit dem Insidertipp auf den Iren auch. Ich war wieder zur Pferderennbahn gegangen, Bruni hatte mich zu den Monitoren mitgenommen, mich über das Gelände geführt und mir die Ställe gezeigt. Dieses Mal ging es um einen Vollblutaraber. Wenn ich zehn setzte, bekäme ich das Dreieinhalbfache zurück. Außerdem gab es noch einen dänischen Warmblüter, den man abgeschrieben hatte: Bei ihm würden aus zehn hundertzwanzig.

Wir waren vor einer Box mit einem Kaspier stehengeblieben, der gerade gestriegelt wurde.

»Ich setze auf beide. Araber und Däne.«

Bruni sah mich an und schnalzte mit der Zunge: »Pferderennen liegen dir.«

»Wenn ich wählen müsste, würde ich die Karten vorziehen.«

»Ach ja?«

»Als Kind habe ich immer mit meinen Großvater gespielt und gewonnen.«

Heute kündigt er wieder Besuch an: Patrizia aus Sardinien. Patrizia? Patrizia aus Sardinien. So hieß sie bei uns. Wenn ich an sie dachte, hieß sie eher Patrizia, die Langduscherin. Seit der Beerdigung habe ich sie nicht mehr gesehen, manchmal schickten wir uns eine

Glückwunschkarte oder wechselten ein paar Worte am Festnetztelefon, wenn ich in Rimini war.

Sie kommt am frühen Nachmittag, sie trägt einen Umhang, hat ein Geschenk in der Hand und den Schrecken im Gesicht. Sie umarmt mich, der Wacholderduft und der heruntergeschobene Badeanzug unter dem Wasserstrahl. Das Zwicken in der Nase. Der Sommer 1998.

Ich sage, dass er gerade ein Nickerchen macht, koche ihr einen Kaffee. Sie ist es, das leuchtende Gesicht, der enge Pullover. Sie hält den Kopf gesenkt, blickt auf.

Wir reden über dies und das, ihr Hund hat Hüftprobleme, der Umzug von Morciano nach Rimini, der ungewöhnlich milde Oktober. Dann fällt ihr Blick auf das Rezeptbuch auf dem Regal. »Caterinas Ragù.«

»Mit der ganz besonderen Geschmacksnote.«

»Kleingeschnittener Bauchspeck.«

Ich trinke meinen Kaffee. Sie ihren.

»Im Grunde hatte deine Mutter ihren Spaß«, sie wischt sich mit Küchenrolle über die Lippen und guckt nicht länger erschrocken. Er ruft nach ihr.

Ich hatte mich an einen Spieltisch in Brera gesetzt, mit der Hälfte unserer Ersparnisse auf dem Zukunftskonto. Diesen Namen hatte sich Giulia ausgedacht, am Tag der Kontoeröffnung. Ich hob das Geld nachmittags in der Filiale ab.

Treffpunkt war der dritte Stock eines Hauses in der Nähe der Kirche San Simpliciano mit ihrem hellen Steinportal in dem Teil von Mailand, wo die Witwen aus den Fenstern gucken.

Ich spielte locker auf, weil keine Fische da waren, sondern nur Leute aus der Szene: ein Treffen unter Vertrauten. Vertraut womit?

Die ersten beiden Hände liefen gut, zwei Paare und tausendzweihundert Gewinn, dann ein Paar Siebener, mit dem ich ohne Aderlass gepasst hatte. Dann hatte sich der Pot gefüllt, zuerst hatte ich tausendachthundert verloren und am Ende alles, plus einen Wechsel über dreihundert.

Er schläft ein, bevor ich das Bett abräumen kann: die aufgeschlagene Zeitung, die Wasserkaraffe, Zigaretten und Aschenbecher, die Celentano-Platte, die er von Patrizia aus Sardinien geschenkt bekommen hat. Vierzig Minuten lang haben sie sich unterhalten.

Ich nicke ein, das Pochen seines Fußes am Bettrahmen weckt mich. Er lässt ihn heraushängen und wackelt mit der Ferse, jede Nacht.

Ich kann nicht mehr einschlafen, richte mich auf und schalte das Licht an. Lasse meine geöffnete Hand auf dem Nachttisch liegen, die Zettel mit der Case-History für die Rhabarberwerbung, die Kekse, der Chinotto. Auf der Mailbox ein Anruf von Bibi: Sie will lieber zu zweit ausgehen als mit Lele und den anderen. Sie schlägt Samstag vor, ich weiß nicht, was ich mit Nando machen soll.

Die Ferse hört auf zu pochen, und er ruft nach mir.

Ich gehe hinüber. Er hält die Bettdecke hoch und guckt mit vorgebeugtem Kopf an sich herab. »Was für eine Sauerei«, flüstert er.

»Das machen wir jetzt weg.«

Im Bad zieht er sich selbständig aus, bei der Hose helfe ich ihm. Ich bugsiere ihn in die Duschkabine, er windet sich und will sich nicht auf den Plastikhocker setzen.

»Ich steh lieber.«

»Setz dich schon.«

»Wir müssen mir das Ding anziehen, Sandrin. Ich pinkele mich ein.«

»Keine Windeln, hatten wir ausgemacht, weißt du noch? Setz dich hin.«

Er bleibt stehen, stur wie ein Esel. Ich reiche ihm das Duschgel und lasse das Wasser laufen. Er merkt es immer, wenn ich mich ekele. Obwohl ich keine Reaktion zeige, starrt er mich an: Er weiß, mein Ächzen ist seins. Der nackte, ausgemergelte Körper, die hervortretenden Adern, der geblähte Bauch über der Scham: und der knollige, unversehrte Schwanz, verschont von der Krankheit.

Unser erstes Masters in Rom war mein vorgezogenes Geschenk zu seinem sechsundsechzigsten Geburtstag. Ich hatte die Eintrittskarten in Geschenkpapier eingepackt, er hatte sie zur Seite gelegt und begriff eine halbe Ewigkeit nicht, worum es ging.

»Das Finale«, hatte sie ihm auf die Sprünge geholfen.

»Das Finale.« Er starrte perplex auf die Karten. Um sie anschließend in den Sekretär im Wohnzimmer zu legen und auf Mai zu warten. Zwischendurch hatte er manchmal nachgesehen, ob sie noch da waren, erzählte sie mir, und am großen Tag waren wir endlich in den Zug gestiegen, er in Rimini und ich in Mailand, um uns in Bologna zu treffen und zusammen weiterzufahren.

In Rom angekommen, wollte er in der Metro meine Reisetasche nehmen, und auf dem Weg zum Hotel in der Via dei Gracchi noch einmal. An der Rezeption verzog er keine Miene, als er mit seinem Ausweis in der Hand hörte, dass ich ein Doppelzimmer gebucht hatte und er mit seinem Sohn das Zimmer teilen würde.

Ich überließ ihm das Bett am Fenster, er setzte sich auf die Matratze, bewegte sich prüfend auf und ab, dann nahm er das Bad in Besitz: Aftershave, Zahnbürste und Zahnpasta auf das Waschbecken. Er hängte seine Sachen auf die Kleiderbügel, stellte den Rollkoffer in den Schrank und sagte an mich gewandt: »Ordnung ist das halbe Leben, Sandro.«

»Fang nicht wieder an.«

Wir aßen im Hotel zu Abend, Carbonara mit Wein aus den Hügeln südlich von Rom, dann gedünstetes Zichoriengemüse mit Peperoncino, weitgehend schweigend, bis wir anschließend über die Piazza del Popolo schlenderten und die Vorfreude auf den nächsten Tag wuchs, auf das Spiel, wie es wohl ausgehen würde. Je später der Abend, desto verlegener wurde ich, mit ihm ins Hotel zurückzukehren, die Treppe hinauf und ins Zimmer zu gehen, er zuerst im Bad, dann ich, bis wir schließlich in Unterwäsche und mit eineinhalb Meter Abstand auf unseren Betten lagen.

Dann hatten wir Caterina angerufen, Alles gut, alles gut, Nando hat den kompletten Kleiderschrank in Beschlag genommen, *ma va' là*, du Pappnase, gib sie mir mal. Danach setzte er sich die Brille auf und studierte den Stadtplan von Rom, ich war am Handy, irgendwann hatten wir die Nachttischlampen ausgeknipst und einander

Gute Nacht gesagt, nur der Schein der Straßenlaterne fiel von der Via Gracchi durch die Rollladenschlitze herein auf seinen Körper, mal lag er auf der Seite, mal auf dem Rücken, das Auf und Ab des Brustkorbs bis zum Schnarchen.

Am nächsten Morgen war er wieder, wie ich ihn aus den Urlauben im Val di Fassa oder auf Sardinien oder in London kannte: abenteuerlustiger Blick, Rucksack mit zwei Baseballkappen, Regenschirm und Wechsel-T-Shirt, die Herztabletten in der Hosentasche. Eng beisammen waren wir beim Foro Italico angekommen, wobei ich nicht genau sagen könnte, was eng heißt: Die Arme berührten sich, jede Distanz genau überwacht, ich passte mich seiner Hektik an und er sich meiner Gemächlichkeit.

In der Ferne sahen wir den Center Court, und auf dem Weg dorthin geriet er in helle Aufregung, weil er begriff, dass sich auf den angrenzenden Tennisplätzen die Protagonisten des Finales warmspielten. Mit hochgerecktem Kinn und schnellem Schritt drängte er durch die Menschenmenge und suchte uns Plätze. Und als wir uns dann setzten, mit Nadal vor uns, der locker seine Vorhand durchschwang, machte er große Augen, setzte sich den Rucksack auf den Schoß und sagte staunend: *Vé' che ròba.* Dann reichte er mir meine Kappe und setzte sich seine auf.

Um Punkt 14 Uhr saßen wir in den obersten Rängen bereit, er sorgte sich um die Mittagshitze. Aufgeregt verfolgten wir das Spiel, er entrüstete sich über jeden verschlagenen Ball von Nadal, feuerte aber auch Federer an, der offensichtlich unter Rückenschmerzen litt. Und immer diese unterschwellige Hektik: die Ungeduld, nach Hause zu kommen, um ihr alles erzählen zu können.

»Was für eine Sauerei«, sagt er noch mal. »Wie ein Baby!«

Ich helfe ihm aus der Duschkabine. Ich soll ihm den Stuhl vor den Spiegel stellen. Bevor er sich setzt, tippt er ein paarmal mit dem linken Fuß auf den Boden, ein leichter Hüpfer.

»Oha, der Pasadèl.«

»Ich kann überhaupt nichts mehr.«

»Der Scirea-Sprung.«

»Was für ein Abend, damals die Gran Galà mit Mama, oben im Baia Imperiale in Gabicce.« Ich reibe ihm Schultern und Rücken trocken, den Hals, wandere hinunter zu den Nieren und zurück, während er sich mit einem zweiten Handtuch Brust und Bauch abtrocknet. Er wollte keine Musik. Er legt sich das Handtuch zum Rechteck gefaltet über den Schoß. »Weißt du was, Sandro? Mit der Million aus dem Spiel fahre ich einfach in die Schweiz und gut ist.«

»Das ist ja ganz was Neues.«

»Ich mein's ernst.«

»Legal sterben kriegst du billiger.« Ich schalte den Fön an und puste ihm über den Kopf. »Von diesen Haaren kann ich in vierzig Jahren nur träumen.«

»Und die wollten, dass sie mir ausfallen«, er räuspert sich. »Kämm sie nach rechts, los.«

Aber ich verstrubbele sie ihm, wie bei Volonté.

Das Baia Imperiale, oben in Gabicce. Sie beide auf der großen Tanz-Gala. Als er noch der Pasadèl war und den Scirea-Sprung erfand.

Ich suche Fotos davon, finde keine. Frage ihn. Es hat nie welche gegeben, Sandrin. Aber ich hab sie doch gesehen. Es gab keine. Mama hat so lang und breit davon erzählt, dass wir am Ende alle die Bilder im Kopf hatten.

Ich gehe noch mal ins Arbeitszimmer, blättere sämtliche Alben durch, nichts.

Die Knöchel kreisen und das Becken fließen lassen: ihr Training. Sie legte sich mit hochgestreckten Beinen auf den Rücken und bewegte die Füße im und gegen den Uhrzeigersinn, das dehnte die Bänder und stärkte die Muskeln. Für den Boogie-Woogie und den Shag. Schon vor der Musik in die Bewegung gehen.

Und er: das Becken in einem unsichtbaren Hula-Hoop-Reifen rotieren lassen, das Bein ausstellen und die Knochen strecken. Alles, um Caterina von einer Seite zur anderen zu wirbeln, sie mit festem Handgriff wegzudrehen und an sich zu ziehen wie ein Jo-Jo.

Einmal hatten sie im Sommer an Ferragosto nachts einen Anruf erhalten mit der Drohung, dass die Familie in Gefahr schwebe, wenn ihr Sohn seine Spielschulden nicht begleiche.

Am Tag darauf rief er in Mailand an und tat so, als wäre nichts, Wie geht's, wie steht's. Kurz darauf rief sie an und erzählte mir alles. Und fügte hinzu: »Der Babbo hat geweint.«

»Was für eine Stimme hatte der Typ denn?«

»Hört das denn niemals auf?«

»Wie war seine Stimme?«

»Freundlich. Eine Männerstimme.«

»Was heißt freundlich?«

»Wenn du nicht zahlst, geht es böse aus für uns alle.«

»*Ma va'*.«

»Wie viel Geld schuldest du denen?«

»Achthunderttausend.«

»Du lieber Himmel.«

»Meinst du.«

»Sandro, im Ernst, nimm das ernst.«

»Ich bin ernst.«

»Ich geb dir das Geld, und du machst endgültig Schluss damit. Jetzt sag, wie viel Geld du denen schuldest.«

»Was denn für Geld.«

»Sag mir die Wahrheit.«

»Hör auf.«

»Ich gebe es dir.«

»Jetzt hör schon auf!«

»Hör du auf!«, und sie war ebenfalls in Tränen ausgebrochen. »Mein Sohn ist ein Junkie.«

Vor dem Einschlafen höre ich einen dumpfen Schlag aus seinem Zimmer. Ich renne hinüber. Er klammert sich an den Vorhang. Steht auf einem Bein, das andere ist angewinkelt.

Ich schiebe ihm den Arm unter die Achseln.

Er macht sich los, will hoch, reißt den Vorhang mit und stürzt zu Boden.

Ich beuge mich über ihn. Er liegt auf der Erde, ein Käfer auf dem Rücken. Er greift nach dem zweiten Vorhangschal und will sich hochziehen. Die Haken geben nach.

»Was soll das«, ich umfasse ihn, will ihn hochheben.

Er wehrt mich ab.

Ich packe ihn erneut und halte ihn fest, er schüttelt sich, ich zerre ihn zum Bett. Seine Rippen stehen hervor. Ich hieve ihn halb auf die Matratze, er schubst meine Hände weg, schlägt mir auf den Arm, schiebt mich weg, schlägt mich.

»Au!«, rufe ich.

Er schlägt noch einmal zu.

»Aua!« Ich halte ihn fest, doch er bekommt die Hand frei und will mich ohrfeigen. Ich komme taumelnd hoch, stoße gegen den Nachttisch, stütze mich an der Wand und dem japanischen Fischer ab, finde Halt. »Was soll der Scheiß!«

»Ich gehe in die Küche.«

»Einen Scheiß machst du«, ich schmettere den Fischer auf den Boden. Er zerspringt klirrend, und er reckt ungläubig den Hals, ob das wirklich passiert. Er sinkt in sich zusammen und blickt mir nach, wie ich durch die Tür verschwinde.

Als er mir von der Diagnose erzählte, in der Nacht der Cowboys, hatte er sich draußen auf die Treppe gesetzt.

»Nando, wir lassen dich in Mailand weiter untersuchen.«

Er hatte die Hände in den Taschen vergraben und einfach dagesessen, mit ausgestreckten Beinen und eingeschlagenem Hemdkragen. »Wie schön das ist, Sandrin, hier zusammen.«

Ich lasse ihn zwischen den Scherben des Fischers sitzen. Ich steige ins Auto und fahre durch die Gegend, trinke ein Bier in der Bar Sergio, noch eins, esse ein paar Chips und Mandelkrokant. Die Spielautomaten wurden durch elektronische Dartscheiben ersetzt. Ich spiele eine Runde: fünf Würfe, drei verfehlen nur einen halben Fingerbreit das Schwarze. Einer der Alten blickt kurz von der Zeitung auf und liest dann weiter.

Als ich zurückkomme, brennt in seinem Zimmer Licht. Ich gehe hoch und schaue hinein: Er sitzt auf dem Fußboden, mit dem Rücken an die Matratze gelehnt. Er sammelt die Scherben ein und versucht, den Fischer wieder zusammenzusetzen.

»Wirf ihn weg«, murmelt er. »Wirf alles weg.«

Ich gehe zu ihm, jetzt lässt er sich helfen. Ich ziehe ihn hoch, lege ihn ins Bett.

»Ich wollte was kochen.«

»Was wolltest du denn kochen.«

»Taube. Es ist noch eine im Tiefkühlfach.«

»Du hattest also gute Laune.«

Dann schläft er ein.

Ich lege die Scherben auf den Tisch im Büro, der Sekundenkleber wird nur bei den großen Teilen funktionieren. Am Ende fehlen dem japanischen Fischer die Arme und ein Stück Jacke.

Zu wissen, dass er sterben wird, und erleichtert sein.

»Sandro, du hast gegen deinen Großvater gewonnen, weil du die Gabe hast.«

»Welche Gabe denn, Bruni.«

»Hab ich dir doch gesagt: die Karten. Das ist besser als Pferde. Die Pferde machen ihr eigenes Rennen, das Spiel machst du.«

»Aber ich kann das nicht.«

»Natürlich kannst du das.«

»Nein.«

»Du musst nicht mal Experte sein. Du hast die Gabe, Sandro. Glaub mir. Jetzt spielst du eine Runde, und dann siehst du, wie's läuft.«

»Eine?«

»Eine.«

»Und wann?«

»Ich höre mich um, und dann kriegst du einen Anruf von mir.«

Morgens gilt mein erster Gedanke nicht mehr ihm und der Sorge, ob es heute, morgen oder in zwei Wochen passiert. Ich liege im Bett und sehe aus dem Fenster: Das Vogelgezwitscher mischt sich mit den Nebelhörnern des Leuchtturms an der Adria.

Ich ziehe mich an und überzeuge ihn, eine Kleinigkeit zu essen. Einen Keks, drei Schlucke Tee. Er geht selbständig ins Bad, legt sich wieder hin.

Ich sage, dass ich raus möchte, eine Runde drehen, in einer Stunde komme der Pfleger. »Der Nebel draußen über dem Meer.«

Er wirkt zufrieden. »Grüß mir den Nebel.«

Als ich wieder nach Hause komme, war der Pfleger noch nicht da. Ich habe einen Umweg gemacht, um möglichst lange weg zu sein, bis zum Zeitungsstand und weiter zur Bar Zeta, habe ein Brötchen mit Tunfisch und Ei gegessen und in der *Gazzetta dello Sport* geblättert.

Ich gebe ihm die Tageszeitung und erzähle von meinem Ausflug: das sanfte Klatschen der Wellen und die diesige Luft und der alte Gattei, der mittlerweile an die hundert Kilo wiegt.

»Du hast Gattei Filippo getroffen?«

»Den Architekten, ja.«

Ungläubig legt er den Kopf zur Seite. Fragt, ob auch jemand die kleinen Venusmuscheln gesammelt habe. Viele sogar, behaupte ich, er schließt die Augen und stellt sich die Meeresspucke vor: So nennt er den Salzfilm am Ufer frühmorgens, eine dünne Schicht, in der die Füße einsinken. Dazu die Morgendämmerung über dem Wasser und die lautlos kreisenden Möwen. Keine Ahnung, warum die Möwen in Rimini niemals schreien.

Und du weißt, dass er runter ans Meer will, den Pulli um den Hals gelegt, mit den Schlappen im Gürtel an der Wasserkante entlanglaufen.

»Bist du am Meer, Nando?«

Er nickt mit geschlossenen Augen, und ich fahre mit der Hand über seine Fußsohle: die Meeresspucke, sage ich.

Seine Schläge an dem Abend, als der japanische Fischer zu Bruch ging: kraftlos, zielsicher, böse. Ich taste nach der Schulter, auf die er eingeschlagen hat, als ich ihn ins Bett legen wollte. Die Wut auf das Todesurteil.

Am Nachmittag bekomme ich ein Jobangebot, es geht um ein Männershampoo gegen Haarausfall. Sie wollen das Produkt neu auf dem Markt platzieren und brauchen dafür eine Radio- und TV-Kampagne. Das Mittel enthält einen neuen Proteinkomplex für dichteres Haar, ist frei von Parabenen und die Verpackung nun weiß statt rot wie bisher. Sie laden mich in die Mailänder Zentrale ein, ich erkläre, dass ich zurzeit nicht in der Stadt bin und deshalb nur für eine Videokonferenz zur Verfügung stehe.

Wir legen Tag und Uhrzeit fest. Männer sind eins meiner Spezialgebiete. Mit Männern kann ich gut arbeiten, weil ich mich mit dem Thema Verlust auskenne. Der Löwe ohne Mähne, Angst vor Kontrollverlust, der verzweifelte Versuch, den Verfall aufzuhalten: das, was wir in der Werbebranche eine leicht erreichbare Zielgruppe nennen.

Der Pfleger heißt Amedeo, er ist dreißig und hat schon zwei Kinder. Er erzählt es uns, als ob das eine Empfehlung wäre. Er tritt ans Bett, um den Tropf zu befestigen.

Nando sieht ihn misstrauisch an. »Warum denn zwei?«

»Das geht dich doch nichts an«, wende ich schnell ein.

»Ich wollte einen Jungen und ein Mädchen.« Amedeo hantiert am Durchflussregler. Er ist ein kräftiger Typ, aber sanft und mit mädchenhaft weichen Wangen. Er hilft ihm auf.

Er klammert sich mit beiden Armen an den Hals des Pflegers. »Und hast du einen Jungen und ein Mädchen bekommen?«

Er schüttelt den Kopf und zieht ihn hoch, irgendwie verlegen, als hätte er eine persönliche Schwäche eingestanden. Er lässt ihn vorsichtig in die Kissen sinken, wie man ein Neugeborenes in die Wiege legt.

»Und wenn die Karten verteilt wurden, wie hast du dich da gefühlt?«

»Wie meinst du das?«

»Wie du dich in diesem Moment gefühlt hast.«

»Ruhig.«

»Ruhig?«

»Ruhig. Vorfreudig.«

»Neugierig.«

»Vorfreudig.«

»Genauer.«

»Wie wenn du ein Geschenk bekommst, das noch eingepackt ist.«

»Auf heißen Kohlen.«

»Wie wenn du das Angebot bekommst, für wenig Geld einen alten Hof zu kaufen. Den du aber selbst renovieren musst.«

»Klingt anstrengend.«

»Kartenspielen ist auch anstrengend.«

»Als du die Karten bekamst, war das auch anstrengend für dich?«

»Ja.«

»Und als du sie auf der Hand hattest?«

»Dann wusste ich, was zu tun war.«

»Und du wusstest auch, wann du schlechte Karten hattest?«

»Hauptsache, man lässt sich nichts anmerken.«

»Da beginnt der Bluff.«

»Genau.«

»Und was hattest du auf der Hand, wenn du mit schlechten Karten gebluut hast?«

»Nichts.«

»Gar nichts?«

»Gar nichts.«

Er schweigt. »Und warum das Ganze?«

»Man blufft einfach.«

»Warum du überhaupt angefangen hast, zu spielen.«

»Warum hast du Mama geheiratet?«

»Hm. Weil sie sie war.«

»Eben.«

Amedeo geht, und er kann nicht einschlafen. Er möchte, dass ich ihm die Platten aus dem Wohnzimmer hole. Rund vierzig Stück, ich verteile sie auf dem Bett, damit er sagen kann, welche noch an Wert zulegen werden oder über welche ich selbst entscheiden soll. Wir diskutieren über Zucchero und Matia Bazar, an denen ihm nichts liegt. Patty Pravo und Venditti wiederum sind unverhandelbar. Nur bei zweien sind wir sofort einig: Lucio Dalla und Tina Turner – unbedingt aufbewahren, alles und immer.

»Und Guccini?«

»Kriegt Don Paolo.«

Guccini war ihr Gebiet. Wie anfangs die Samstagabende, wenn sie ausgingen. Wie alles, was neu war. Er hatte Mühe, sich von Caterinas Welt abzusetzen und was für sich zu machen. In meinem ersten Jahr in Mailand fiel mir, während ich an einem Werbespot für den Zirkus Barnum arbeitete, ein Spitzname für ihn ein: der Tanzbär.

Ein nachgiebiger Charakter. Der die große Bühne den anderen überlässt, die auf Hochglanz polierten Schuhe und Extravaganzen. Erst recht nach dem Herzinfarkt. Und die gemeinsamen Freunde, die sich beim Tischgespräch immer zuerst an sie wenden und nur mit ihr diskutieren.

Ich bin neun Jahre alt, als ich sie schreien höre: Dann rette sie halt, deine Bar America, kleiner Nando aus Ravenna.

Kleiner Nando aus Ravenna. Aber dann kommt das Tanzen.

Am nächsten Morgen ist er nicht in seinem Zimmer. Auch nicht in der Küche und nicht im Bad oder im Wohnzimmer. Sondern im Gemüsegarten. Er hat den gestreiften Stuhl aufs Beet gezerrt und sich hingesetzt. Mit der Kelle gräbt er einen flachen Kanal in Richtung Olivenbaum.

»Es ist zu kalt.«

»Denk an die Kürbisse, immer zwei. Einer in die eine Richtung, der andere in die andere.«

»Komm rein, es ist zu kalt hier.«

»Und die Reben müssen im Januar zurückgeschnitten werden. Und immer umgraben.«

»Jetzt komm.«

Er will nicht, und als er aufschaut, sieht sein Gesicht wie früher aus. Ich lasse ihm seinen Willen, hole eine Decke aus der Garage und lege sie über die Stuhllehne. Am Haus bleibe ich stehen: Selbst von hinten wirkt er so schmal, als sähe man ihn von der Seite.

Die Zusammenarbeit für das Männershampoo kommt nicht zustande. Ich hätte regelmäßig zum Brainstorming in Mailand sein müssen.

Auch die Uni macht mir Sorgen: Vielleicht geht das erste Trimester flöten, weil ich meine Anwesenheit nicht garantieren kann. Ich rufe an, und man versichert mir, dass ich den Kurs auch einen Monat später starten kann. Zwei Seminare pro Woche über das Halbjahr verteilt, oder fünf Tage die Woche am Stück.

Ich lege auf und halte das Handy in der Hand, lese noch mal Bibis Nachricht: *Ich will mit dir heute bei Walter essen gehen, ja? Ein Abend in Französisch Blau.*

Bibis Französisch Blau. Sie ist überzeugt davon, dass ich sie dank eines dunkelblauen Sakkos verführt habe, bei unserer zweiten Verabredung. Ein dunkelblaues Sakko, das reicht dir? Ein dunkelblaues Sakko und große Hände.

Ich ziehe es an, es hat einen Fleck am Ärmel. Also versuche ich es mit dem petrolfarbenen Walkmantel aus Unizeiten, er passt noch. Als ich mich von Nando verabschiede, mustert er mich. Er fasst ans Kopfteil und richtet sich leicht auf, Amedeo eilt hinzu, er stößt ihn weg und fällt zurück. Liegend starrt er mich weiter an, ich bemerke, dass meine linke Manteltasche halb heraushängt. Statt sie selbst umzudrehen, trete ich zu ihm, und ihm reichen zwei Handgriffe.

Ich bin sieben Jahre alt, wir stehen in der Eisenwarenhandlung am Ponte Tiberio. Er wird von einem Mitarbeiter im Gang mit den Anstrichfarben bedient. Neben der Kasse ein Ständer mit Schlüsselanhängern von verschiedenen Automarken: Ferrari, Lamborghini, Porsche, Fiat, Alfa Romeo. Ich nehme einen von Alfa Romeo, er ist schön glatt mit roten Verzierungen. Halte ihn in der Hand, lasse ihn in der Tasche meiner Jeans verschwinden. Er kommt mit dem jungen Mann zur Kasse, lässt sich Pinsel und Farbtopf einpacken, zahlt, und wir gehen.

Wir steigen ins Auto, die ganze Fahrt liegt die kostbare Beute schwer in meiner Hosentasche. Zu Hause gehe ich sofort in mein

Zimmer, schließe die Tür ab und hole den Schlüsselanhänger hervor. Beim ersten Mal ungestraft davongekommen: Wäre es anders gelaufen, wenn sie mich damals erwischt hätten?

Ihre Tribunale über andere, ein einziges Schlechtmachen. Wenn's um den einen geht: Pah. Um eine andere: Pah. Mach es nicht wie sie. Und auch nicht wie er. Du bist besser als der. Die ist schlimmer als die. Sie trug die Nase so hoch, dass niemand herankam.

Und er: in sich gekehrt, schmallippig, während sie gar nicht mehr aufhörte. Irgendwann platzte es aus ihm heraus: »Herrgott noch mal, Caterina, nun mach aber mal einen Punkt.«

»Was hat denn der Herrgott damit zu tun?«

»Immerhin hat er dir den Mund zum Reden gegeben.«

Ich verlasse das Haus, um rechtzeitig zur Verabredung mit Bibi zu kommen. Wenn ich nur kurz weg bin, kann ich ihn vergessen: Supermarkt, Apotheke, Zeitschriftenhändler. Sobald es länger dauert, sehe ich das abgedunkelte Zimmer vor mir, die Ferse, die gegen den Bettrahmen pocht, das abgemagerte Gesicht. Dieses Mal muss ich an seine dicke Haarsträhne denken: Sie teilt die Stirn in zwei Hälften.

Etwas früher als abgemacht betrete ich Walters Lokal, der Sommer ist längst vorbei, aber die Terrasse mit den Heizpilzen hat noch geöffnet. Bibi taucht aus der Dämmerung auf, den Schal über die Nase gezogen, sie mustert meinen Mantel. Sie sieht mir in die Augen, ich drehe mich weg, also wickelt sie sich aus dem Schal und beugt sich über den Kanal mit den abgedeckten Booten. Dann wendet sie sich wieder um, nimmt mein Kinn zwischen die Hände, und wir bleiben kurz so stehen.

Nach dem Essen gehen wir zu ihr und vögeln, sie spürt meinen Missmut und lässt mich machen. Am Ende legt sie mir die Hände an die Schläfen und hält mich fest, bis die Tränen herausfließen.

Auch mit Bibi spiele ich das Spiel, soundsoviel Jahre jünger und eine Million mehr. Sie fragt, was er geantwortet habe: mit dem Vater auf dem Feld in Ravenna und Tina Turner live im Wohnzimmer.

»Ich in Bormio, mit meiner Oma auf dem Campingplatz mit vierzehn.«

»Deine Oma ist mit dir zelten gegangen?«

»Wir waren in einem Bungalow.«

»Und das Geld?«

»Eine Million jetzt oder zwei Milliarden von damals?«

»Jetzt fang du nicht auch noch an.«

»Also was.«

»Eine Million jetzt.«

»Okay: Ich kaufe mir ein Haus in Kanada. Marmorwanne und Waldblick.«

»Und kündigst deinen Job.«

»Kommt gar nicht infrage. Dort gibt es hundertachtundfünfzig verschiedene Braconiden-Arten, die man unters Mikroskop legen kann.«

Sie zieht sich wieder an, die unausgesprochene Aufforderung, zu gehen. Sie wirft mir mein T-Shirt zu, es landet auf dem Boden: »Fahr mit ihm nach Ravenna«, sagt sie leise. »Zu dem Feld, wo er immer mit seinem Vater war.«

Er ist noch wach, als ich nach Hause komme. In der Küche sitzt Amedeo und schreibt seinen Bericht: keine besonderen Vorkommnisse. Er hat erneut versucht, ihn von der Schmerzmittelpumpe zu überzeugen, von der er immer noch nichts wissen will. Stattdessen hat er von sich aus um eine Windel gebeten und sich mit Abführmitteln vollgestopft. Sie haben zusammen *Match Point* geguckt, und keiner ist eingeschlafen.

»Das Ende hat uns nicht überzeugt.«

»Es gibt kein Ende, das ihn überzeugt.«

»Kennst du *Match Point*?«

Ich nicke.

»Also bitte, die Ermittler wissen, dass sie schwanger war, als sie ermordet wurde. Das sollte doch als Motiv reichen, um den Mörder beziehungsweise Liebhaber festzunehmen, oder?« Er will sich verabschieden, macht aber noch mal kehrt und öffnet den Schrank, in dem die Medikamente stehen. Er hat zwei neue Fläschchen dazugestellt.

»Von dem hier dreißig Tropfen, wenn er starke Schmerzen hat, dazu das Fentanyl. Fünfzehn habe ich ihm heute schon gegeben. Und das andere, damit er schlafen kann, vierzig Tropfen.«

Dann ist Amedeo weg, und er ruft nach mir. Er hat die Unterhaltung mitgehört. »Die Polizei weiß ganz genau, dass der Liebhaber der Täter ist«, sagt er mit krächzender Stimme und trinkt einen Schluck Wasser. »Warum wird der nicht festgenommen?«

Ich lege mich neben ihn. »Weißt du was, Nando, diese Bibi gefällt mir wirklich.«

Brunis Anruf kam an einem Mittwoch: Er hatte einen Tisch.

»Einen Tisch?«

»Karten, Sandro.«

Treffpunkt am Samstag im Haus mit dem großen Oleander, in der Gegend der Via Padulli, westlich von Ina Casa. Hundert Euro, Chips, korrekte Leute. Er werde auch da sein.

»Du auch?«

»Muss ja.«

»Spielst du?«

»Der Master of Ceremony spielt nicht.«

»Hundert Euro Maximum?«

Dann Brunis Satz: Wirst schon sehen, du kannst das.

Am Morgen steht er alleine auf. Fragt nach dem Aftershave-Pulli und will ihn ohne Hilfe anziehen. Bei der Jogginghose erlaubt er, dass ich die Bündchen über seine Füße ziehe. Er lässt sich die Schuhe geben, ich binde sie zu.

»Wie geht es dir heute?«

»Geht, heute geht's.«

Wir frühstücken, kerzengrade lehnt er an der Arbeitsplatte, das Gesicht aschfahl. Er isst einen Keks und trinkt seinen Tee. Sein Blick bleibt an dem Geschirrstapel neben der Spüle hängen. »Alles drunter und drüber«, er lässt ihn über die Gläser und Gewürze am Herd schweifen. Er zeigt auf die Streichhölzer: »*Fam véda.*«

»Was willst du jetzt schon wieder.«

»*Se t cí brèv*. Zeig mir, ob du's kannst.«

Ich räume die Kekspackung und den Teetopf weg, spüle meine Tasse aus und trockne sie ab. Ich nehme die Streichholzschachtel, ziehe eins hervor und fahre damit über die Zündfläche, das Köpfchen lodert auf.

»*T cí brèv*, gut.«

Die Flamme erlischt auf halber Strecke, er starrt das abgebrannte Hölzchen an. Er tritt zu mir und nimmt ein frisches. Hält es sich prüfend vors Gesicht, als suche er nach einer Unebenheit, Stäbchen, Zündkopf, er geht hinaus. Durch den Flur Richtung Treppe. Nimmt die erste Stufe, ich stütze ihn bis zu Haustür. Ich gehe kurz nach oben unsere Jacken holen, er ist schon durch die Tür, ich lege ihm die Jacke über, und wir gehen durch die Garageneinfahrt um die Ecke in den Garten. Vor den Kohlköpfen hält er inne. Er lässt sich auf den Stuhl fallen, von oben sieht man nur einen Wust Haare.

Er hält immer noch das Streichholz in der Hand, versucht es an der Armlehne anzuzünden, es fällt zu Boden, und er beugt sich suchend vor, ich bücke mich und reiche es ihm, er nimmt es und weint. Seine Augenringe sind violett, und der Herbst riecht nach Holz, wie in meiner Kindheit, als wir vor dem ersten Frost das Feuerholz aufschichteten. Ich wische ihm die Tränen von der Wange, sein warmer Atem. »Lass uns nach Ravenna fahren, Nando. Ich bringe dich nach San Zaccaria.«

»Das Beet, Sandrin«, er zieht die Nase hoch. »Das Beet brennt.«

Ich mied Tische, wo nicht mit Chips, sondern mit Bargeld gespielt wurde: die brutale Zurschaustellung des Gewinns. Ich mied Orte, wo an mehreren Tischen gleichzeitig gespielt wurde. Ich mied die texanische Variante: eine Generation von Online-Spielern, oft ohne jedes Gespür für die Magie der kleinen Runde. Ich bevorzugte die Tageszeiten des geschäftigen Mailands: das Eintauchen in den großen, ruhigen Menschenstrom, wenn ich am Treffpunkt wartete.

Wann immer es ging, fragte ich nach dem grünen Filztuch: der grobe Stoff am Handrücken, das leichte Reiben am Handgelenk beim Aufnehmen der Karten.

Er bleibt bei der Stelle im Garten mit dem Weinstock stehen.

»Lass uns nach San Zaccaria fahren, Nando.«

Er sieht mich verwirrt an. »Nach San Zaccaria.«

»Ja.«

»Es gibt eine neue Straße.«

Ich wische ihm die andere Wange trocken. Sie ist kalt, ich wärme sie mit der Hand. Ich helfe ihm hoch, und wir gehen zum Haus.

»Lieber nicht, Sandro.«

»Wie du willst.«

Er blickt zur Garage. »Einverstanden, dann los.«

»Du bist ja schlimmer als Nòna Biènca.«

Ganz Rimini kennt Nòna Biènca. Eine alte Frau, die jede Frage spontan verneint, um gleich darauf umzuschwenken. Möchtest du ein Stück Wassermelone? Nein. Na gut, ein kleines. Kommst du mit zum Strand? Nein. Ein Stündchen vielleicht. Wollen wir Onkel und Tante zum Essen einladen? Nein. Wann kommen sie? Und so weiter. Sie hatte schlohweißes Haar und wer weiß wie viele Enkel.

»Acht Enkel«, klärt er mich auf, als wir auf die Strada Statale Richtung Ravenna auffahren. Er thront in seinen Kissen und wischt mit zwei Fingern den Aschenbecher und das Handschuhfach sauber. Beide sind blitzeblank, genauso der Schaltknüppel, das Armaturenbrett und die Fußmatten: Wir haben den R5 an der Tankstelle reinigen lassen, die Rautendecke hineingelegt und den Drehknopf am Radio repariert.

»Die wahre Nòna Biènca war Mama«, sagt er.

»Am Samstag.«

»Dauernd. Nicht nur samstags.«

»Ich erinnere mich nur an den Samstag. Gehst du heute tanzen, Mama? Nein, heute nicht.«

»Und nachher sofort auf die Tanzfläche.« Wir schweigen und fühlen uns so wohl in der leise knisternden Stille, dass wir bis Cervia nicht reden.

Dann sagt er, einmal habe ihn Nòna Biènca sogar gerettet.

»Wobei denn?«

»Bei einer Frau.«

»Ach ja?«

»Ich wollte schon ja sagen und habe es mir dann doch anders überlegt.«

Wir passieren Cervia. »Gab es Mama da schon?«

Er zieht sich hoch und betrachtet durch die Seitenscheibe die vorbeifliegenden Salinen. Die Straße führt jetzt zwischen den Salzwasserbecken ins Hinterland. Er döst ein. Die glänzenden Rundungen seiner Beinmuskulatur, das viele Steppen und Walzertanzen, Revolverheldenmusik.

Zweihundert Meter vor dem Ortsschild San Zaccaria, Gemeinde Ravenna, zieht er sich hoch. Er blickt auf die Abzweigung zum Dorf, neunhundert Seelen, mit ihm eine mehr, er richtet sich auf, ein Mungo in Habachtstellung, umklammert den Haltegriff über sich und reckt den Hals, um einen Blick in die Höfe zu werfen, in die Bars mit den alten Männern hinter den Scheiben, auf das Kriegerdenkmal und den Crai, wo früher der Tante-Emma-Laden war und es die Oblaten aus Esspapier gab.

Vor dem Ortsverein der Republikaner bittet er mich, langsamer zu fahren. Das Gebäude hat sich nur wenig verändert: Das stilisierte Efeublatt an der Fassade ist leicht verblichen, von den Fenstern und Türen blättert der Lack ab.

»Aurelio Pagliarani.« Er lächelt, als er den Namen seines Vaters ausspricht. Ohne Bitterkeit, nur eine Erinnerung beim Anblick des Efeus: Er ist frisch gewählter Ortsvorstand, als zwei Wochen später Unregelmäßigkeiten in der Kassenführung bekannt werden. Aurelio Pagliarani zeigt den Fall an. Ein paar Dutzend Lire, niemand erhebt Anklage, ein minimales Versehen, ein Buchhaltungsfehler der Vorgänger.

»Es ließ ihm einfach keine Ruhe. Immer wieder ging er die Unterlagen durch, auch nachts, er ackerte auf dem Feld, ließ seinen ganzen Ärger am Spaten aus«, er schluckt Speichel. »Sechs Monate später lag er im Sarg.«

Wir biegen in die Via del Sale ein, hier wohnten sie in dem großen Haus mit den grünen Fensterläden. Ich halte vor dem Tor: Seit sie das Haus den Nachbarn verkauft haben, steht es leer. Die Wiese steht hoch, auf dem Hof sind zwei Mähdrescher und ein Traktor zu sehen. Der Brunnen ist zugewachsen, und ein paar Meter weiter beginnt das Feld.

»Da war ich immer mit Papa«, er streckt den Finger aus. Es ist gepflügt und trocken. »Und da spannten wir sonntags immer das weiße Pferd vor den Wagen, mit Mama.«

»Und die Obstbäume?«

Er deutet nach Osten, hinter den Schuppen mit den Landmaschinen und der Viehwaage. Statt der Pfirsiche stehen dort nun mannshohe Apfelbäume. Die Wiese erstreckt sich bis zum Kanal. Mit erhobenem Finger piekst er in die Luft: wie ein romagnolischer Schneider, der die Löcher im Teppich seiner Erinnerung stopft.

Bruni hatte vor der Haustür auf mich gewartet, in dem Hof mit dem großen Oleander. Zusammen waren wir nach oben gegangen, beim Eintreten zückte ich die hundert Euro. Immer mit der Ruhe, Sandro, hatte er gesagt und mich den anderen vorgestellt.

»Meine Herren, der Mann mit der Gabe.«

Ich hatte nicht gewonnen. Aber meine Hundert so gut verteidigt, dass ich mit nur sieben Euro weniger rausging. Eine Weile hatte ich den anderen noch zugeschaut und zwei Amari getrunken. Später verabschiedete ich mich und verließ das Haus mit dem Oleander.

Unten auf der Straße sagte ich zu mir: Du kannst das.

Am Friedhof von San Zaccaria will er nicht halten. Wir fahren aus dem Dorf hinaus, und er schläft ein. Schläft, wacht auf, schläft, wacht auf, Milano Marittima, Cervia, Cesenatico, wenn er die Augen aufschlägt, weiß er sofort, wo wir sind und murmelt die Ortsnamen vor sich hin. Kurz vor Rimini sagt er, dass er das Meer sehen möchte.

»Wollen wir das nicht morgen machen?«

»Erzähl mir von Bibi.«

Doch wir schweigen, der R5 röhrt, und wir fahren stadteinwärts zum Hafen, er lehnt zusammengesunken an der Beifahrertür.

Er setzt sich auf, sieht mich an. »Erzähl mir, ob sie lacht.«

»Wer?«

»Bibi.«

»Klar lacht sie.«

»Und wie?«

»Mit zwei Grübchen hier«, ich berühre seine linke Wange und stelle dann das Auto an der Palata ab, der Promenade am Ende des Hafens. Das Riesenrad ist abgebaut, und am Kai liegen die Fischerboote vertäut, obwohl es Nachmittag ist.

»Wie kann das sein?« Er lässt den Kopf nach hinten sinken.

»Wahrscheinlich haben sie einen besonders guten Fang gemacht.«

»Wie kann das sein, die Mama und ich, nach der Hochsaison einen Monat lang jeden Abend am Tanzen, unser *Scaramàz*.«

»Arnikasalbe gegen schmerzende Beine.«

Er stößt sich ab und setzt sich wieder auf. »Wir hatten das Tanzen, Sandrin. Und du die Karten.«

»Bei mir ist das etwas anderes.«

Er kratzt sich am Kinn. »Letztlich soll doch jeder machen, was er will, nicht wahr?«

Eines der Boote schäumt auf Achtern, es wird vom Poller losgemacht, während ich die Scheibe herunterkurbele und singe: *Aria di mar arriva a me e non te ne andar.* Er sucht meinen Blick, auf seiner Stirn eine Sichel aus Licht.

Sind wir denn gar nicht wichtig, bin ich nicht wichtig? Und wenn wir vögeln, ist das nicht wichtig? Und dass wir nach Lissabon gehen wollten, ist das nicht wichtig? Wichtig war das letzte Wort zwischen uns.

Als Giulia den Fehlbetrag auf dem gemeinsamen Konto bemerkte, versprach ich ihr nichts, und sie wollte auch keine Versprechen mehr hören. Sie kam einfach ihre Sachen abholen, als ich bei der Arbeit war.

Hatte sie damals einen Bob? Am Anfang trug sie die Haare schulterlang. Vielleicht weder noch. Braune Haare, schwarze Haare. Die glatten Hände einer Pianistin: Auf den Wunsch der Mutter hatte sie Klavier spielen gelernt. Ging sie mir bis zur Brust oder bis zum Hals? Und ihre Nase, der Mund, wie waren sie, hatte sie nicht ein Muttermal auf der Wange? Giulia, das Phantom.

Phantome. Allen voran sie, wer sonst, aber auch Freunde, Kollegen, irgendwelche Passanten, Bekannte, sogar welche aus Rimini. Alle im Nebel. Und jenseits davon, klar und deutlich der Tisch und wir. Die Spieler.

Wir bleiben im Auto an der Palata sitzen: Die Fischerboote sind weg, neben uns ein Kleinlaster, der regionale Produkte verkauft, und vor uns die Möwen auf dem Ankerdenkmal.

Wir reden, er wäre gern im Urlaub. Wo denn? Er wirkt unentschlossen, also sage ich: auf Sardinien. Auf Sardinien waren wir doch schon. Und im Salento? Ja, im Salento, das ist gut, und wie alt sind wir? Wir sind einundzwanzig, Nando. Warum ausgerechnet einundzwanzig? Einundzwanzig. Ich lege ihm die Hand auf den Kopf, weil wir einen Panamahut tragen, und auf die Schulter, denn er hat ein kurzärmeliges Hemd an. Mit Zigaretten in der Brusttasche? Zigaretten in der Brusttasche, wir sind ja nicht umsonst die coolsten Typen des Salento. Er beugt sich vor und wischt mit der Hand über die beschlagene Scheibe, dreht sich zu mir: Und wer hat mehr Erfolg bei den Mädchen, Sandrin? Du natürlich, aber ich bin dir immer auf den Fersen, und am Ende sahne ich ab.«

Er muss lachen und husten.

Dann sage ich: »In Rimini, wir machen Urlaub in Rimini. Mit den ganzen deutschen Mädchen und den Tanzbällen.«

»Den ganzen Tanzbällen.«

2007 hatten sie zum ersten Mal bemerkt, dass etwas fehlte: zweihundert Euro aus dem Safe. Beim Abendessen sprachen sie darüber, in meinem Beisein. Bestimmt haben wir uns verzählt, Caterina. Ja, wahrscheinlich, Nando, wir zwei Trottel. Also hatte ich entschieden, das Geld zu behalten.

Zwei Wochen später hatte ich mir weitere dreihundert geliehen und sie am Tag nach dem Spiel zurückgelegt. Dann nach zwei Monaten noch mal achthundert, die am nächsten Morgen zurückwanderten. Dann wieder zweihundert, hundert, sechshundert. Alle am nächsten Morgen oder innerhalb der nächsten sechs Tage zurückerstattet.

Dann verlor ich an einem Tisch in Pesaro viertausend, von denen neunhundert ihnen gehörten. Aber auch die hatte ich zurückgegeben. Am selben Abend waren sie in mein Zimmer gekommen: »Sandro.«

Nun läuft ein Trimaran in den Hafen ein, Nando kurbelt die Scheibe runter und streckt den Arm raus, als wollte er ihm zuwinken. Er öffnet und schließt die Hand, will die Meeresbrise einfangen.

»Du erkältest dich.«

»Grüß Montescudo von mir.«

Ich bin mir nicht sicher, ob er das wirklich gesagt hat, und weil ich nicht antworte, dreht er sich zu mir um. »Grüß Montescudo.«

»Wir fahren da wieder hin.«

»Der Stein, den wir bei der Kirche mitgenommen haben. Er liegt neben dem Geräteschuppen unter der Schubkarre und dem Efeu, denk dran. Eine Schildkröte.«

»Er ist zu lang für eine Schildkröte.«

Er murmelt etwas vor sich hin, das nicht zu verstehen ist. Er wartet, bis ich mich zu ihm beuge, und wiederholt dann: »Am Geräteschuppen, verstanden?«

Ich nicke.

»Ich habe ihn für dich mitgenommen.«

Er lehnt sich im Sitz zurück und macht eine Handbewegung, er will nach Hause. Wir kehren um, und ich spüre, dass es seine letzte Nacht wird.

Ich lege ihn ins Bett und ziehe ihn um, knöpfe den Schlafanzug zu. Ich decke ihn bis zum Bauch zu, taste unter der Decke nach seinem Fuß und ziehe ihn hervor. Er darf über die Bettkante hängen. Ich knie vor ihm auf dem Boden.

Nur ein einziges Mal habe ich hart geblufft: in der Via Maroncelli, im dritten Stock eines Mehrfamilienhauses mit Putten über dem Eingang. Mailand im Januar, befreit vom Pomp des Geschenkpapiers, verborgen im dichten Nebel.

Wir sind zu fünft in der Runde, Bar- oder garantierte Zahlung binnen zwei Tagen: viertausend Startkapital. Außer mir sitzt noch ein anderer mit direkter Empfehlung am Tisch, außerdem ein Gelegenheitsspieler, vermittelt von Vertrauensleuten, dann ein Fisch und ein Chamäleon bei seiner ersten Partie in Mailand.

Der Fisch ist ein Steuerberater, der nach seiner Ausbildung zum Steuerberater eine kleine Arzneimittelfirma bei Piacenza geerbt hat: beschwert sich nie, zahlt brav, verliert immer und wird allgemein mit Samthandschuhen angefasst. Das Chamäleon ist ein Großkotz Mitte vierzig, Sohn eines Notars, der das Laster an seinen Sohn vererbt hat. Der Vater ist sein Bürge, wenn auch nur indirekt, was aber ausreicht, weil der Notar bekannt ist. Gäbe es keinen engen Verwandten, der bürgt, hätte ihn jemand aus der Szene einführen müssen – wie in meinem Fall: mein Chef, der früher Finanzberater war und dann die Werbeagentur gegründet hat, in der ich arbeite. Er hat eine Schwäche für mich, seitdem die Agentur dank mir die Ausschreibung für ein Unkrautvernichtungsmittel gewonnen hat, als ich noch kein Jahr dabei war. Man schätzt sich, lernt sich kennen, gemeinsame Abendessen in Mailand, eine Einladung zu ihm und seiner Frau nach Monza mit Giulia und so weiter und so fort.

Der andere, der auf Empfehlung am Tisch sitzt, ist ein ehemaliger Fußballtrainer. Der Gelegenheitsspieler ist aus London, hat sein Geld mit einem Investmentfonds gemacht: herzlich, immer ein Lächeln im Gesicht, das Hemd eine Nummer zu groß, Bürstenhaarschnitt.

Die Karten werden gegeben, ich habe nichts Brauchbares auf der Hand. Der Tausch bringt keine Besserung. Es ist offensichtlich, dass der Fisch an etwas schraubt, so eifrig, wie er bietet, während der Londoner und das Chamäleon auffällig schnell aussteigen. Ich vermute, dass die drei sich abgesprochen haben, um den Steuerberater gegen Beteiligung gewinnen zu lassen. Der ehemalige Trainer durchschaut das Spiel und steigt auch bald aus.

Ich muss mich entscheiden: passen oder den Kaninchenschlag wagen, den großen Bluff. Der finale Schlag gelingt nur, wenn er wie nebenbei eingefädelt wird, sodass man es selbst kaum bemerkt: zügig bieten, mit geringen Totzeiten, weder übertrieben eifrig noch zu nachlässig. Muskelspannung, die Karten kontrollieren, senken und halten, die Spielchips mit sicherer Hand und ohne großen Gestus in die Mitte schieben.

Der Pot wächst auf zehntausenddreihundert an: Der Fisch und ich erhöhen. Und weiter, höher und höher, und bei jeder Erhöhung stelle ich mir vor, wie ich Stein um Stein auf einen Inkatempel lege, den ich baue. Das Bild hilft mir, Abstand zu meiner Umgebung zu gewinnen, ich wirke ruhig, meine Gesichtszüge bleiben unverändert und meine Wangen kühl.

Ich erhöhe weiter, bis mein innerer Inkatempel zu Dreiviertel steht, und folge meinem Wunsch, ihn zu Ende zu bauen, indem ich präzise auf jede Erhöhung des Fisches reagiere. Kein Zögern, ich will, dass mein Tempel fertig wird. Im Pot liegen nun achtzehntausend irgendwas.

Ich erhöhe weiter, der Fisch geht mit, der Inkatempel steht, und wir sehen. Bevor ich meine Karten umdrehe, überlege ich, wie ich jemals das Loch stopfen soll, das ich mir hier gerade geschaufelt habe: Mein Chef wird für das fehlende Geld aufkommen müssen, er wird es mir wiederum vom Lohn abziehen, was jedoch nicht reichen dürfte, sodass ich in Rimini um Hilfe bitten muss.

Wir decken die Karten auf: Er hat auch nichts auf der Hand. Aber ich habe Herz. Und Herz gewinnt. Ich gehe mit fast neunzehntausend Euro nach Hause.

Am nächsten Tag sagt Giulia: Du spielst.

Sein Bein hängt über die Bettkante, der Knöchel ist blau, von Adern durchzogen. Ich bin es, der ihn hier hält, seine röchelnde Hülle. Noch nicht um ihn weinen können und deshalb weinen.

Wir haben seine Vollmacht über mein Konto nie aufheben lassen. Nachdem die Fehlbeträge im Safe herausgekommen waren, ging er zur Bank und ließ sich die Kontoauszüge ausdrucken. Durchschnittlich sechsundzwanzig Abhebungen pro Monat in den letzten siebzehn Monaten, alle vier Monate eine größere Bareinzahlung. In den Augen des Filialleiters die Umsätze eines kleinen Gewerbes.

In der Nacht bekommt er schwer Luft: lange Pausen zwischen den Atemzügen, die Luft kommt nur stockend aus seinem Mund, er röchelt.

Dazu die Jammerlaute: ein Singsang beim Ein- und Ausatmen, ein heulendes Tier im Wald.

Er hebt die Schultern und schiebt sich zurecht, lässt sie sinken, hebt sie wieder. Ich sage seinen Namen, das Jammern setzt wieder ein, ich sage seinen Namen.

Kurz vor Morgengrauen schlägt er mit den Armen um sich, trifft den Nachttisch. Die Nachttischlampe fällt auf den Bettvorleger, und der Arm hängt schlaff herab. Seine Lider sind geschlossen, der Atem ein Pfeifen. Am Handgelenk ein dunkler Fleck: Blut.

Ich verarzte ihn, er regt sich nicht, sagt etwas. Speichel rinnt ihm aus dem Mundwinkel, ich wische ihn weg und zupfe das Kopfkissen zurecht, lege seine Arme rechts und links neben den Körper. Er zieht einen weg.

»Nando, du bist also da.«

Er zieht den anderen weg.

Am Vormittag hat er die Augen geöffnet, lässt den Blick durch das Zimmer schweifen, bis er mich findet. Er schaut auf das Pflaster an seinem Handgelenk, guckt zum Nachttisch. Wieder aufs Pflaster, er beruhigt sich, und ich decke ihn zu.

»Was mache ich hier?«

»Ganz ruhig.«

»Wie kann das mit Mama sein?«

»Was denn?«

»Dass sie vor mir gestorben ist.«

Ich wechsele das blutige Pflaster. »Sie hat es uns angekündigt, in Montescudo, am Abend mit den Glühwürmchen, erinnerst du dich?«

Er nickt, er erinnert sich.

Ich schiebe ihm die Haarsträhne aus der Stirn. »Sie hat's in den Karten gelesen. Du erinnerst dich an sie an dem Abend, oder?«

»Sie – ja, ich weiß, die Mama ganz braun, und die Glühwürmchen.«

Und sie war zielsicher in den Keller gegangen und hatte mich dort gefunden. Aber ich war kein Kind mehr, es gab noch keine Giulia, und der Raubzug im Safe war schon aufgeflogen.

»Muccio, bist du hier?« Leise hatte sie die Tür geschlossen und mich hinter dem Kleiderständer gehört. Ohne das Licht anzumachen, tastete sie sich voran und setzte sich auf das niedrige Schuhregal. Nur unsere Atemzüge waren zu hören, bis sie verstummte. Ich hatte sie angebrüllt, sie solle verschwinden, und mich, wieder allein, an die Jacken am Kleiderständer geklammert, bis es aus mir herausbrach: Mama.

Er hat Schmerzen in der Seite und will aufstehen, sinkt zurück und dreht den Kopf zur Seite. Er muss würgen, ich halte ihm den Eimer hin, es kommt nichts. Er wirft sich wieder aufs Kissen, ich wische ihm den Schnurrbart trocken.

Ich telefoniere mit Amedeo: Er rät mir, sofort den Palliativdienst zu rufen. Er selbst will am nächsten Morgen vorbeischauen, ich soll Bescheid geben, falls es zu Muskelkrämpfen kommt.

»Was denn für Muskelkrämpfe.«

»Zuckungen, Versteifungen. Manchmal verkrampfen die Muskeln, ohne dass er es merkt. Ich bin morgen früh um acht da«, seine Stimme ist ein dünnes Pfeifen.

»Bitte komm jetzt«, meine Stimme auch nur ein Pfeifen.

»Wie.«

»Jetzt.«

»Jetzt geht nicht.«

Ich presse das Telefon ans Ohr. »Ich schaff das nicht, Amedeo.«

»Ich bin im Krankenhaus.«

»Ich schaff das nicht.«

Ein ganz leises Pfeifen: »Ich komme heute Abend um neun. In ein paar Stunden.«

»Ich schaff das nicht.«

Am Spieltisch: Das eine sein und etwas anderes scheinen. Ist das die Gabe?

Ich benachrichtige den Palliativdienst. Sie kommen wieder zu zweit. Während der Mann ihn untersucht, bleibe ich mit der Frau im Hintergrund. Sie erklärt mir, dass sie ihm jetzt Morphin geben, zusätzlich zum Fentanyl. Als sie es ihm verabreicht haben, entspannen sich seine Züge sichtlich, und vor dem Einschlafen sagt er: Don Paolo.

Der Palliativdienst ist noch da, als Don Paolo kommt. Er bleibt in der Tür stehen, sieht, dass er schläft, und wartet, bis die Pfleger weg sind.

Leise kommt er herein, tritt zögernd ans Bett, setzt sich, berührt mit dem Gesicht seine Wange. Berührt ihn sanft, ohne ihn anzufassen. Hebt die Hand, segnet ihn.

Der dritte Tisch brachte die Entscheidung, weiterzuspielen. Wir waren zu viert, in einer Dreizimmerwohnung in der Via Cartoleria in Bologna, ich war mit neunhundert Euro eingestiegen. Das Versprechen: Nach dieser Partie ist Schluss, und zwar endgültig. Ich spielte so wild und vorbehaltlos, wie man bei Abschieden manchmal ist. Am Ende hatte ich viertausendundachtzig gewonnen.

Amedeo ist gegen neun da. Sie flüstern im Zimmer miteinander.

Dann kommt er zu mir in die Küche, stellt den Rucksack auf den Tisch und macht ihn auf, zieht die DVD mit *Fight Club* heraus. »Er hat sich für die Durchgeknallten entschieden.«

»Der alte Gourmet.«

»*Minority Report* und *Matrix* standen auch zur Wahl.«

»Das hätte ich nicht gedacht.«

»Was hättest du denn gedacht?«

»*Notting Hill.*«

Er sieht mich über die Brille an. »Jetzt geh schon.«

Die erste Schlappe erlitt ich in einer Wohnung an der Metrostation Missori, gegenüber der Tankstelle. Bekanntgabe von Ort und Zeit erst kurz vorher.

Im Hintergrund läuft der Fernseher. Vor Spielbeginn trete ich ans Fenster und schaue hinaus: das leuchtende Agip-Schild, auf dem Dach eine weiße Taube. Mein Gefühl sagt: ein gutes Omen.

Im Pot etwas über viertausend. Ich habe ein Paar Damen auf der Hand. Spiele erst defensiv und erhöhe dann, einfach aus Lust. Wir landen bei elftausenddreihundert. Ich beschließe, weiter zu erhöhen: Zwischen Daumen und Zeigefinger schiebe ich meinen Chips-Stapel Richtung Tischmitte, den kleinen Finger leicht abgespreizt und dann zurückzuckend, um nicht die Chips der anderen zu streifen. Die Hand löst sich in einer übertrieben behutsamen Geste, langsam, scheu, kleinmütig, und lässt meine Chips abseits der anderen liegen. Übertriebene Vorsicht, nun wissen alle, dass ich schwache Karten habe.

Ich halte die Position, bis ich wieder dran bin, versuche durch schnelles Erhöhen den schlechten Eindruck wettzumachen. Wenn ich jetzt passe, verliere ich zu viel: Die anderen wissen das und erhöhen genauso schnell. Und noch einmal. Wir sind bei über fünfzehntausend. Jetzt zu passen ergibt keinen Sinn: Ich passe trotzdem. Ich stehe auf und trete wieder ans Fenster, die Taube ist noch da. Am Tisch wird noch dreimal erhöht und dann gesehen: Einer hat geblufft, der andere hat zwei Siebener. Ich wäre mit über sechzehntausend nach Hause gegangen.

Ich warte, bis Amedeo *Fight Club* anmacht und gehe dann in die Garage. Seit 1995 bewahren wir die Autoschlüssel des R5 in einer leeren Terpentindose auf. Ich nehme sie, lasse den Wagen an und fahre aus der Garage. Wahrscheinlich spitzt er gerade die Ohren und freut sich, dass seine Milva mal wieder bewegt wird. Milva: Irgendwann hatte er angefangen, sie so zu nennen, weil die Karosserie dasselbe Rot hatte wie die Haare der Sängerin.

Ich fahre die Schleife an der Stadtmauer entlang bis zum Ring, vorbei am Krankenhaus, Riminis Abendbeleuchtung. Ich erreiche Bibis Haus und hupe.

Sie ist besorgt, weil sie nicht mit mir gerechnet hat, auch als wir auf dem Sofa sitzen, kann ich sie nicht wirklich beruhigen.

Wir trinken ein Bier und schauen ein bisschen *The Crown*. An der Wand hinter dem Fernseher hängen Cartoons und Fotos: sie mit Leguanen auf den Galapagos-Inseln, sie kopfüber bei einem Akrobatik-Kurs, der Border Collie ihrer Kindheit, eine Tuschezeichnung mit exotischen Insekten.

Ich vögele sie hart, halte mit der Hand ihren Nacken.

»Was war das«, sagt sie danach.

»Ich muss nach Hause.«

Aber ich fahre nicht nach Hause. Ich nehme die Straße durch Marina Centro bis Miramare, kehre dann um, schließe Wetten mit mir selbst ab, dass der Renault bis zum Kreisverkehr am Grand Hotel nicht zu pfeifen anfängt. Ich fahre konstant über siebzig, mit quietschenden Reifen, das Lenkrad locker in der Hand, ohne die Kurven zu schneiden.

Ich erreiche die Piazza Tripoli und bremse ab, das Rollgitter des Süßwarenladens ist noch geöffnet: Von der Decke hängen in Cellophan verpackte Lakritzstangen, Marshmallows und Schaumerdbeeren. Ein Pakistaner wischt den Boden und verfolgt nebenbei das Fernsehprogramm auf dem Wandbildschirm. Früher führten die Kinder der Einheimischen die Läden am Strand von Rimini weiter, im Sommer und Spätsommer, wenn ihre Eltern abends müde wurden und bis Geschäftsschluss eine Ablösung brauchten. Dann gingen die Eltern in Rente, und ihre Sprösslinge fanden außerhalb von *Rémni* Arbeit, sodass die Küste nun den Migranten und der vorzeitigen Lethargie überlassen bleibt.

Ich umrunde die Piazza Tripoli, parke vor der Kirche, stelle den Motor und das Radio ab. Hier ist alles geschlossen, der Tanzsaal ist wieder ein Kino. Der Schriftzug des Atlantide leuchtet hell.

Ich lehne den Kopf zurück. Cowboys, sage ich. Und meine Stimme im Wageninnern ist wie aus Metall: Cowboys.

Zwei Jahre nach meiner Feuertaufe im Haus mit dem Oleander fing ich richtig an. 2005, ein Spieltisch in Cesena: zweitausend mindestens, um einzusteigen. Es ist um Weihnachten herum. Bruni gibt mir am Nachmittag Bescheid, zwei Stunden Bedenkzeit: Ich sage zu. Ich gewinne fünftausendzweihundert mit einem Drilling, und es passiert etwas, das danach nie wieder vorkommt: eine Geste der Freude, die geballte Faust in Brusthöhe.

Wer sein Debüt an einem großen Tisch gewinnt, überschreitet eine Grenze: Siebenunddreißig Prozent der glücklichen Anfänger bleiben dabei. Die meisten Gewohnheitsspieler reagieren hyperfrontal auf die adrenalinausschüttenden Reize. Dreißig Sekunden nach Reizaktivierung durch das Spiel treten die typischen Symptome auf: Druck auf der Brust, Zuckungen in der Armbeuge, ausbleibender Speichelfluss, Herzklopfen, erhöhte Leitfähigkeit der Haut. Wie wenn man verliebt ist.

Von der Piazza Tripoli fahre ich wieder zum Süßwarenladen des Pakistaners. Ich kaufe Gummikrokodile und Schokolinsen, schiebe sie mir in den Mund wie Erdnüsse. Als ich zurück am Auto bin, habe ich schon alle aufgegessen.

Dann lenke ich den R5 nach Hause. Der Motor hat kein einziges Mal gepfiffen, und in der Küche brennt Licht. Ich gehe hoch, Amedeo sitzt am Esstisch und schreibt seinen Bericht. Er informiert mich, dass seine Atmung im Schlaf manchmal aussetze, was völlig normal sei, aber phasenweise zu Verunsicherung führen könne. »*Fight Club* hat er verschlafen. Vielleicht wäre *Notting Hill* besser gewesen«, er steht auf und reißt ein Küchentuch ab. Wischt mir den Zucker um den Mund ab. »Du hattest auch einen prickelnden Abend, wie ich sehe.«

»Hat er nach mir gefragt?«

Er schüttelt den Kopf und sortiert seine Medikamententasche mit den Tabletten und Fläschchen. Dabei dreht er die Etiketten gewissenhaft so, dass man sie auf den ersten Blick erkennt.

»Amedeo.«

»Hm.«

»Danke.«

Er zieht seine Jacke an. »Nachts macht er die Augen zu und tanzt. Hat er mir heute verraten.«

Mit einem Gruß geht er hinaus und steigt in seinen Toyota Saris: Wie behutsam er anfährt, um ihn ja nicht zu wecken.

Die stockende Atmung im Schlaf. Die Luft bleibt im Zwerchfell hängen, löst sich erst mit jeder zweiten Ausdehnung des Brustkorbs.

»Ich bin hier«, flüstere ich. »Ich bin's.«

Er regt sich nicht.

»Ich bin hier.« Ich lege die Hand auf seinen Arm, und er schläft wieder ein. Ich setze mich in den Korbstuhl, nicke ein, wache auf. Gegen Mitternacht beruhigt sich seine Atmung, und der Körper entspannt sich.

Ich gehe in mein Zimmer, ziehe mich aus, schlüpfe in das Oberteil des Jogginganzugs. Ich kann ihn vom Bett aus hören. Er schnarcht, alle drei bis vier Atemzüge stockt sein Atem, dann geht es weiter. Ich will gerade einschlafen, da muss er husten, ich stehe auf.

Ich gehe hinüber, trete an sein Bett. Die Brust hebt und senkt sich, das Flurlicht fällt auf sein Gesicht. Der rechte Fuß hängt herab und sucht nach Abkühlung.

Ich strecke mich neben ihm aus, er versinkt in den Decken. Wir schlafen.

Am Ende der Nacht wache ich auf: Er liegt genauso da, und ich muss an meine Mutter denken und klammere mich an das stoffbezogene Kopfteil hinter mir, vielleicht hat sie das auch immer getan, wie oft hat sie sich daran geklammert.

Ich bin elf, und es ist Sommer. Er und ich sind am Strand, gegen acht Uhr abends, sie hat ihren Malkurs. Er möchte an der Bude eine Pizza kaufen und sie unter unserem Sonnenschirm essen. Wir gehen über den menschenleeren Strand und kommen an einer Liege vorbei, auf der zwei T-Shirts mit einer Sonnen- und einer normalen Brille liegen. Wir gehen weiter, dann dreht er sich plötzlich um. Er sagt, die Sonnenbrille sei ein Klappmodell von Persol. Er blickt sich um: niemand in Sicht außer den Rettungsschwimmern, die so langsam Feierabend machen und vom Ufer zurückkommen. Er geht zur Liege zurück und nimmt die Brille. Er bedeutet mir, mich zu beeilen. Wir laufen weiter, mit gesenkten Köpfen, meine Füße sind viel zu groß für den mageren Körper, seine Füße mit den hervortretenden

Adern, und ich kann kaum Schritt halten, die ausgebeulte Hosentasche seiner Shorts.

Wir erreichen die Pizzabude, bestellen, lassen uns die Pizzastücke einpacken und gehen über die Promenade zurück. Über die Holzplanken vom Strandbad Nummer 41 erreichen wir unseren Sonnenschirm. Bevor er sich hinsetzt, zieht er die Persol aus der Tasche und wickelt sie in sein Handtuch, knüllt es zusammen und lässt es im Strandbeutel verschwinden. Dann essen wir die Pizza, und ich luge zur Liege mit den T-Shirts hinüber: zwanzig Meter quer über den Strand, ich kaue und sehe immer wieder hinüber, bis eine Frau und ein kleines Mädchen aus dem Wasser kommen. Sie nehmen ihre Handtücher von der Liege, das Mädchen kniet sich hin und setzt seine Brille auf. Die Frau rubbelt die Haare trocken, beugt sich suchend über die T-Shirts, hebt sie hoch und sucht weiter, auch unter und neben der Liege. Auch das Mädchen sucht.

»Iss deine Pizza, Sandro.«

Ich beiße in die Pizza und spähe hinüber, wo Frau und Mädchen zum Strandmeister gehen. Sie reden, halten Handtücher und Shirts über den Armen. Dann kommen sie in unsere Richtung.

»Sie kommen«, meine Stimme klingt hohl.

»Iss deine Pizza.«

Ich nehme einen Schluck von der Cola, er trinkt sein Bier und sagt, dass er immer noch an Schillacis Tor gegen Uruguay in der Partie am Vorabend denken muss, was für ein Tor, die Frau hat das Mädchen abgehängt und erreicht uns. Sie hebt die Hand. »Guten Abend.«

»Guten Abend.«

»Ihr habt nicht zufällig jemanden gesehen, da drüben bei den Sonnenschirmen, oder?«, fragt sie mit ausgestrecktem Zeigefinger.

Ich schüttele den Kopf.

Er kaut. »Wir sind gerade erst vom Pizzaholen zurückgekommen, tut mir leid.«

»Ich hab meine Sonnenbrille liegen lassen, und jetzt ist sie weg«.

»Oh, das tut mir leid«, die Pizza lappt über seine Hände.

»Trotzdem danke.« Die Frau verabschiedet sich, wir auch, das Mädchen zögert kurz, dreht sich dann um und geht.

Wir sagen nichts, kauen, er legt sein Pizzastück auf die Pappe und spült mit einem Schluck Bier nach.

»Was für ein Tor von Schillaci, nicht wahr?«, wiederholt er.

Ich will nach Hause, aber wir müssen noch fünf Minuten ausharren, damit sie keinen Verdacht schöpfen. Dann stehen wir auf, werfen das Tablett und die Dosen in den Müll und gehen zum Auto. Langsam fährt er nach Ina Casa zurück, wir parken in der Einfahrt, und er stellt den Motor ab. Er trommelt mit den Fingern aufs Lenkrad. »Also, Sandrin, da hatten wir aber wirklich Glück, dass wir die Persol im Sand gefunden haben, was?«

Jetzt erst holt er sie raus und setzt sie auf.

Im Morgengrauen röchelt er. Atmet nicht mehr. Ich schüttele ihn, er röchelt, ich richte ihn auf, bis er sitzt. »Hey«, rufe ich und lege ihn wieder hin, will schon den Notarzt rufen. Er starrt mich an, sieht mich nicht.

»Nando«, sein Arm um meinen Nacken. »Nando«, ich schiebe ihm die Haare aus der Stirn. Aus seinem Mund ein schwacher Hauch.

Wenn sie mit anderen Männern getanzt hatte, bekam er einen Ausschlag an der Schulter.

»Das soll wohl ein Witz sein«, hatte ich ausgerufen, als sie mir davon erzählte. Sie hatte gelacht, und ich musste ihr schwören, ihn nicht darauf anzusprechen. Ich hielt mich daran und suchte am Sonntagmorgen immer nach der Rötung am Hals.

»Dann darfst du eben nur mit ihm tanzen«, sagte ich zu ihr.

»Die karibischen Tänze sind nicht seins.«

Aus seinen Lungen kommt nur noch ein Hauch. Ich bin hier, ich bin's, Sandro. Er bewegt die Lider. Ich bin's, und von draußen glauben wir den Gesang der Grasmücke zu hören.

Er hält meine Hand und knetet mit der anderen das Bettlaken. Die Atmung stockt immer wieder. Ich nehme die andere Hand in meine, sie ist lauwarm, der Ehering drückt mir auf den Fingerknöchel. Er krallt die Finger in meinen Sweatshirtärmel, sieht auf.

»Sandro.«

»Babbo.«

Dem lieben Gott ein Schnippchen schlagen: seine Formulierung gegen die Härten des Schicksals. Er brummelte sie mit zusammengebissenen Zähnen, als wir von der Beerdigung seiner Mutter nach Hause fuhren.

»Was denn für ein Schnippchen?« Don Paolo saß auf den Beifahrersitz.

»Immer sollen wir uns abrackern, und dann sind wir plötzlich tot und weg vom Fenster.«

»Dann schlägst du doch eher dir selbst ein Schnippchen.«

»Wieso?«

»Wenn Gott entschieden hat, dass du ein wenig leiden sollst, wird das schon seinen Grund haben.«

»Blödes Gewäsch.«

»Und der Leidensweg Christi?«

»Scheiß Leiden. Mama hat gelitten, und Papa vor ihr. Und Christus natürlich auch.«

»Was hättest du denn mit ihr tun wollen? Lass mal hören.«

»Du hast doch keine Ahnung.«

»Erzähl mal. Was hättest du getan?«

»Wenn ich Arzt oder Pfleger wäre …« Wir fuhren durch die Salinen, er hielt den Kopf zurückgelehnt, die ausgestreckten Arme am Lenkrad.

»Ja, was hättest du dann getan, *Sburón*?« Don Paolo ließ nicht locker.

Er hatte sich nur weggedreht und vor sich auf die Hauptstraße von Cervia gestarrt.

Das Morgengrauen verblasst, und wir liegen auf dem Bett. Meine Finger umfassen sein Handgelenk. Sein kleiner Finger reibt leicht meine Hand, stoppt, macht weiter. Er blickt an die Decke, die Stuckverzierungen waren ihr Wunsch gewesen, ein Muster aus Blumen mit je einem Füllhorn in den Zimmerecken.

Ich spielte noch nicht lange. Eines Abends war sie mir bis in die Via Padulli, zum Haus mit dem Oleander gefolgt, wo Bruni und die anderen an einem Spieltisch auf mich warteten.

Ich war aus meinem Wagen gestiegen und Caterina aus ihrem, sie war zu mir gekommen und hatte mich angefleht, nicht hochzugehen. Ich hatte nicht auf sie gehört, am Ende des Abends war sie immer noch da. Hast du verloren? Ich habe gewonnen. Wie viel hast du gewonnen? Sechshundert. Und wie viel verlierst du morgen? Vielleicht gewinne ich ja wieder. Du gewinnst nicht, das weiß doch jedes Kind, man gewinnt nie.

Auf dem Rückweg war ich ihr hinterhergefahren. Sie hatte auf dem Parkplatz unterhalb der alten Stadtmauer geparkt. Wir waren aus unseren Autos gestiegen und schweigend nebeneinander her über den Corso gelaufen. Irgendwann hatte sie gesagt: Ich kenne einen, der auf sowas spezialisiert ist und dir helfen kann. Ich ließ sie stehen und betrat die Bar Giandone, sie folgte mir, wir bestellten zwei Panini mit Kochschinken und Mayonnaise, eine Cola für zwei. Schließlich hatte sie von dem Anruf an Ferragosto spät in der Nacht erzählt. Ich hatte so getan, als könnte ich mich nicht erinnern.

»Der Anruf, Sandro. Die freundliche Männerstimme, die drohte, uns alle umzubringen, wenn du deine Spielschulden nicht zurückzahlst. Der Babbo hat geweint.«

»Das denkst du dir doch nur aus.« Ich sah sie fest an.

Und sie mit ihrer Mama-Schnute.

Der Brustkorb hebt sich und bleibt so. Amedeo anrufen, oder die Helfer vom Hospiz, oder einen Arzt. Ich greife nach dem Handy, lege es weg. Ich gehe in die Küche, das Fentanyl holen, durchsuche die Medikamententasche. Die Einschlaftropfen und einen Löffel.

Ich gewinne, weil ich den Breaking Point beherrsche. Wenn die meisten aussteigen, bleibe ich dabei.

Eine Fentanyl-Tablette unter die Zunge. Ich öffne das Fläschchen und zähle dreißig Tropfen in den Löffel. Seine Lippen sind ganz weiß. Er bewegt den Kopf hin und her, als müsste er eine Schlinge abstreifen.

Weniger Chips, weniger Tische und dann ganz aufhören: mein fester Vorsatz. Ich verspreche es Giulia. Halte mich daran. Drei Tische im Monat, zwei im Monat, dann nur noch einer. Giulia fragt nicht weiter, weiß die Zeichen zu deuten: die Nervosität, der fahrige Sex, der ungezügelte Appetit. In zweieinhalb Monaten nehme ich sechs Kilo zu, als ich wieder in Rimini bin, erzähle ich ihnen, dass ich aufgehört habe. Sie sagt: Das wurde aber auch Zeit. Er sagt nichts. Dann: *Amaracmànd*, nimm dich in Acht.

Er muss husten, als er die Tropfen schluckt. Ich glaube ein Danke zu hören.

Ich fange wieder an, zu spielen. Aufhören und wieder anfangen. Und bei jedem Wiederanfang die Hoffnung, dass der Sog diesmal weniger stark ist. Die Hoffnung, dass die Karten müde sind.

Die Schnittwunde, die er sich an der Nachttischlampe geholt hat: ein hellbrauner Strich. Ich fahre mit dem Finger darüber, er streift wieder meine Hand, mit dem Daumen, leicht wie eine Ameise, zwischen zwei Fingern.

Prallgefüllte Taschen, wenn es am Spieltisch gut lief. Raus aus der Wohnung, aus dem Haus, hinaus auf die Straße, eine Hand fest auf der vom Gewinn ausgebeulten Manteltasche, in den Mienen der Passanten forschend. Und im Kopf der Gedanke: ich ja und ihr nein. Ihr mit euren braven Taschen.

Er schläft. Ich warte ein, zwei Stunden, die Lider gehen auf, und die Augäpfel sind starr: Ein dünnes Pfeifen kommt aus seinem Mund, die Hände flattern, der Rücken bäumt sich auf, und der Schädel schlägt gegen das Kopfteil. So bleibt er, bis der Brustkorb die Luft freigibt.

Dann, als wir sie nach ihrem Tod beerdigen, schwöre ich ihr ein für alle Mal: Ich höre auf.

Die beste Methode, um aufzuhören, ist die, einen klaren Schnitt zu machen, von einem auf den anderen Tag. Und es mit anderen Dingen zu kompensieren. Um sich dann irgendwann ein letztes Mal an den Spieltisch zu setzen und zu spüren, dass die Karten müde sind, dass das Spielen ein Ende hat. Die Gegenprobe.

Ich hatte den klaren Schnitt gemacht und mit nichts kompensiert. Und auch keine Gegenprobe gemacht. Doch vom Tag der Beisetzung an verfolgte mich ein Bild: sie in dem Sarg, ihr Körper und ihr Gesicht, die sich zersetzen und das Laster mit sich nehmen. Ihre sanften Züge, das süße Antlitz der riminesischen *Azdóra*, zu Erde zerfallen. Sie, die langsam verschwindet, und ich mit ihr.

Am Vormittag stirbt er. Sein Kopf ist nach hinten gekippt, der Adamsapfel ragt spitz hervor. Der letzte Atemzug ist zwanzig Minuten her.

NOVEMBER

Draußen ist es noch dunkel. Er ist seit fünfundsechzig Stunden tot, gestern haben wir ihn beerdigt.

Ich mache das Licht an und öffne die vier Türen seines Kleiderschranks. Mit beiden Armen umfasse ich Hosen und Jacken, nehme sie samt Bügel von den Stangen, werfe sie auf den Boden und trage sie in drei Ladungen in mein Zimmer. Dasselbe mache ich mit den Pullovern aus den jeweils drei Schubladen hinter jeder Tür, werfe sie auf den Boden und trage sie in mein Zimmer, dann ziehe ich die Gürtel und Schlipse ab, werfe sie auf den Boden und ab in mein Zimmer. Ich leere das Schrankabteil mit den guten Sachen und den zwei Windjacken. Handschuhe hat er nie getragen.

Sammeln, aufheben, in den Flur tragen und zurück, ich knie mich vor die antike Kommode, Wollunterhemden, Funktionsshirts, Stofftaschentücher und Unterhosen, mit vollen Armen richte ich mich auf, und mein Blick fällt auf sein Bett. Das Laken, auf dem er lag, aufgeschlagen bis zur Mitte des Ehebetts, der Matratzenschoner mit dem blassgrünen Umriss in der Mitte, ein Leichentuch mit Grauschatten an Rücken und Becken, weiß und rein beinabwärts.

Die Jacketts sortiere ich aus. Ich leere die Innen- und Außentaschen und lege alles, was ich finde, unbesehen in eine Plastiktüte. Unter anderem die Eintrittskarte mit Glitzerrand für den Tanzwettbewerb: 30. April 2009 im Hotel Tre Stelle, der Ausrutscher.

Der Ausrutscher, so hat er es genannt: Sie tanzen einen Shag im Tre Stelle vor der elfköpfigen Jury und rund siebzig Zuschauern an den Tischen. Für die Schlusspose muss er aus einem gebeugten Gleitschritt hinter ihr wieder hochkommen. Da passiert es: Er tritt an ihr vorbei zurück, macht zwei Hüpfer zur Seite und will sich gerade aufrichten, als er mit dem linken Fuß wegrutscht. Er strauchelt und reißt sie mit.

Nachdem ich seine Kleider durchgeschaut habe, inspiziere ich den Inhalt der Plastiktüte: Papiertaschentücher, eine Haarklammer, eine verblichene Kinokarte, der Mitgliedsausweis des Freizeitwerks von 2018, ein Feuerzeug und eine Packung Kaugummi, eine Mottenkugel.

Ich räume die Jacketts in einen Karton im Flur, taste die Hosentaschen ab und finde eine halbvolle Zigarettenschachtel und ein Päckchen Zahnstocher.

Der Aftershave-Pulli hängt über dem Stuhl, ein Ärmel streift über den Boden. Ich nehme ihn, das Bündchen am Hals ist ausgeleiert, und die Wolle pillt. Ich setze mich hin, lege ihn auf dem Schoß zusammen und bleibe so.

Seine Sachen. Und ihre Sachen, die immer noch in den Schränken liegen, im Keller und auf dem Dachboden. Komm, wir schaffen alles raus, das tut dir nicht gut, Nando. Vielleicht tut *dir* das nicht gut, du haust ja immer vor allem ab.

Als ich im Arbeitszimmer den Rollladen hochziehe, ist die Nacht verblichen. Auf dem Schreibtisch steht die Holzkiste mit französischen Francs und englischen Pfund und allen Münzen und Geldscheinen, die Freunde von ihren Auslandsreisen mitbrachten, Yen, Fünf-Dollar-Noten, eine Zehn-Pesos-Münze, Hundert- und Zweihundert-Lire-Stücke, auch ihr Anhänger mit dem Dritten Auge und das Foto von Gaetano Scirea im Schnee bei der Partie Brescia gegen Juventus. Auf der Rückseite hat er den Todestag seines Vaters notiert, 6. März 1969.

Den Aktenordner mit der Aufschrift »Muccio« hat er auf den Schreibtisch geräumt, darin die gesammelten Zeitungsschnipsel meiner Werbeanzeigen. Er lehnt jetzt neben dem Ordner »Abrechnungen« mit den monatlichen Fälligkeiten und einer Mappe mit allen Garantien und Gebrauchsanweisungen der Haushaltsgeräte.

Der Safe steht im Regal am Fenster, hinter den letzten zwei Bänden der Enciclopedia Fabbri. Der Schlüssel liegt seit jeher in der Pappschachtel mit den Mayonnaise-Tütchen im oberen Kühlschrankfach. Eiskalt, als Kind musste ich ihn immer erst in der Hand wärmen, wenn ich ihn mir nahm.

Der Schlüssel knirscht im Schloss des Safes, nach vier Umdrehungen springt er auf. Der Inhalt: drei Goldmünzen, das Scheckheft und tausendsechshundertfünfzig Euro in Fünfzigern.

Im Zeitraum von vier Jahren und fünf Monaten: elf Überweisungen auf mein Konto. Insgesamt einundvierzigtausend Euro. Im Verwendungszweck: *Finanzspritze*.

Und kaum war das Geld auf dem Konto, folgten wir dem üblichen Skript: Ich rufe in Rimini an, mime Empörung, Was soll das, Wie kommt ihr darauf, Das überweise ich euch zurück. Und dann ihr Part: Wir haben doch nur dich, Nun nimm es einfach, Schluss mit dem Theater. Obwohl ihnen klar war, dass sie damit das Laster am Leben hielten.

Zwischen zwei Atlanten eine Zeichnung aus meiner Grundschulzeit, die sie immer besonders mochte, weil oben rechts »Mama« stand.

Sie, die sich so schwer damit tat, dass ich sie nur Caterina nannte. Und ihn Nando. Dem es sichtlich gefiel, wenn sein Sohn ihn mit Namen ansprach.

In der Adidasjacke stoße ich auf eine Überraschung: eine Zigarre, eine Toscanello. Ich habe ihn nie Zigarre rauchen sehen. Im Parka finde ich einen mitgewaschenen Zehn-Euro-Schein.

Nun bin ich wie er, als er meine Sachen durchwühlte.

Ich sammele die Schuhe ein und schließe die Umzugskartons. Die Hälfte trage ich in die Garage und stapele sie hinter der Werkbank. Schiebe sie herum, ordne sie neu, räume sie wieder um. Setze mich auf sie. Regungslos. Das Brennen in den Augen rutscht in die Speiseröhre und die Lungen. Ich rappele mich auf, und als ich ins Freie trete, ist es der dritte Morgen ohne ihn. Eine Elster pickt an der Rinde der Pinie, der blau-weiß-gestreifte Klappstuhl liegt an der Mauer, fortgeweht vom Novemberwind.

Der Ausrutscher im Tre Stelle, die Blamage, die nie so genannt wird. Höchstens »dumme Sache«, ärgerlich, aber nicht weiter von

Bedeutung, ein schlechter Witz, der es nicht einmal verdient, weitererzählt zu werden.

Und ihre Körper, die von jenem Tag an verhärten.

Ich gehe in sein Zimmer zurück. Das Laken und der Matratzenschoner: Ich setze mich, sein Geruch ist schon verflogen. Ich streiche über das Bett, strecke die Hand aus und nehme das Laken. Es krümmt mich zusammen, ich lasse mich aufs Bett fallen, und Schluchzen erfüllt den Raum.

Unser Sohn ist ein Zocker: Irgendwann konnten sie das zueinander sagen, auch wenn ich in der Wohnung war. Und »dumme Sache« steht nun noch für andere Wörter: Die Krankheit. Das Laster. Das Glücksspiel.

Später an diesem Morgen kommen Lele und Walter und sehen die Umzugskartons im Wohnungsflur. Noch mal so viele stehen in der Garage.

»Warum hast du denn nicht auf uns gewartet?«

»Ich konnte nicht schlafen.«

»Wo sollen die hin?«

»Don Paolos Leute kommen sie abholen.«

»Was ein Schwachsinn, lass dir doch wenigstens ein paar Tage Zeit«, sie laufen mir hinterher durch die Wohnung, Walter sagt, ich solle nicht zu schnell seine Spuren beseitigen. Er sagt wirklich *Spuren*, und ich zucke zusammen, als wäre ein Vater ausgelöscht, wenn man klar Schiff gemacht hat.

Er geht ins Wohnzimmer. Lele kommt hinterher und lässt sich aufs Sofa fallen, streckt die Beine auf dem Teppich aus. Er will den Mantel ausziehen, hält plötzlich inne. »Hier hat er doch immer geübt, oder?«

Hier hat er Tanzen geübt. Eines Nachts, Wochen nach dem Ausrutscher, kann er nicht schlafen und steht auf. Geht ins Wohnzimmer, probiert noch einmal die Schrittfolge, bei der er gestolpert ist. Hebt den linken Fuß, tritt mit einem Hüpfer zur Seite und landet

auf dem Teppich. Hebt den linken Fuß, Hüpfer, landet auf dem Teppich. Der Teppich verrutscht, und sie steht in der Tür: »Nando.«
Beide haben gelacht, Caterina, er.

Lele möchte noch einmal sein Zimmer sehen. In der Tür bekreuzigt er sich und starrt die Matratze an, der Urinfleck ist eine Eiche im Kopfstand. Er zieht mich weg, als hätte ich den letzten Blick hineinwerfen wollen, auf dem Weg in die Küche hält er sich dicht hinter mir, schiebt mich fast mit der Schulter. Dann sitzt er neben mir, er war auf Lanzarote und ist leicht gebräunt.

Walter kramt im Küchenschrank. Ich frage, ob er sein Lokal schon geschlossen hat.

»Nächsten Donnerstag.« Er füllt die Espressokanne und stellt sie auf den Herd. »Du weißt, dass Nando mich immer besuchen kam, oder?«

»Ich weiß, dass er manchmal bei dir war, ja.«

»In den ersten Wochen nach Eröffnung jeden Abend. Vorletzter Hocker am Mäuerchen. Campari Tonic.«

»Komische Mischung, Campari und Tonic«, Lele sieht mich an.

»Und Grillspieße«, Walter sieht mich auch an. Dann gehen beide in den Flur und stapeln die Kartons ordentlich aufeinander. Jetzt stehen sie aufgereiht an der Wand, die oberen sind offen. »Du solltest zumindest ein Jackett von ihm behalten, findest du nicht?«

»Ich weiß nicht.«

»Denk drüber nach. Und jetzt los.«

»Wohin gehen wir?«

Ich bekomme keine Antwort.

Wir steigen in Leles MiTo, es ist eng, aber Walter schiebt sich geübt auf die Rückbank. Wir schalten das Radio ein, und als wir über die Via Marecchiese in die Hügel hinauffahren, erzähle ich ihnen von der Zigarre in der Adidasjacke. Walter erinnert sich, dass er ihn einmal im Lokal mit einer Toscanello in der Hand gesehen hat. Vornübergebeugt und tief inhalierend, bei jedem Zug leuchtete dick die Glut.

Ich lasse den Kopf zwischen Lehne und Fenster sinken, war das seine Position? Bearbeite meinen Daumen mit dem Fingernagel.

»Du blutest«, sagt Walter nach einer Weile. Lele reicht mir ein Taschentuch, ich wickele es mir um den Daumen. Sie wollen mir immer noch nicht das geheimnisvolle Ziel unserer Reise verraten.

Wir konnten es bald nicht mehr hören: Der blöde Absatz war schuld am Ausrutscher im Tre Stelle, der ist wackeliger als Eselshufe. Und er beugt sich über seinen Fuß und gibt dem Absatz einen Klaps mit der Hand.

Das geheimnisvolle Ziel ist die Ortschaft Pennabilli. Es wird kühler, doch im Valmarecchia steigt die Kälte langsam in die Knochen. Wir parken den Wagen und wandern zum Sternenpfad hoch, einem gepflasterten Weg über den sanft geschwungenen Bergrücken.

Im Ort kaufen wir uns noch drei Biere und lassen sie uns in eine Tüte packen, dann gehen wir die Gassen bergauf. Walter kennt angeblich den Weg, was nicht viel heißt, und tatsächlich verirren wir uns sofort und haben das Bier schon ausgetrunken, bevor wir überhaupt angekommen sind.

Wir legen uns auf unsere Jacken, hier oben ist die Sonne spätsommerlich warm. Ich bedecke die Augen mit dem Arm, vielleicht nicke ich ein, als ich aufschaue, rauchen sie.

»Weißt du, was wir gerade gedacht haben?«, fragt Lele. »Dass du jetzt frei bist.«

Einmal in Mailand vor Spielbeginn der Segensspruch von einem von uns: »Ich habe getan, was ich tun musste, ich war der, der ich sein wollte.«

Er hat mir achtzehntausend Euro hinterlassen und ein nicht bebaubares Wiesengrundstück in San Zaccaria im Wert von neuntausend Euro, plus die Immobilien in Rimini und Montescudo. Das hat mir Notar Lorenzi am Telefon mitgeteilt, als er mir kondolierte. Außerdem gibt es einen Briefumschlag, über dessen Inhalt Lorenzi nichts weiß. Er will ihn mir geben, wenn ich zum Unterzeichnen in die Kanzlei komme.

»Und wann ist das?«, fragt Walter mich.

»Montag.«

Wir warten auf die Dunkelheit in der festen Überzeugung, dass in Pennabilli selbst im November Sternschnuppen zu sehen sind.

Walter richtet sich auf. »Was, glaubst du, ist in dem Umschlag?«

»Anweisungen für Montescudo. Oder Schulden.«

»Die Bar America?«

»Kann sein.«

»Hat er dir denn nie irgendwas gesagt?«

»Doch: dass sie alles mit einem Teil von Mamas Abfindung zurückgezahlt haben.«

»Dann ist es Montescudo.«

»Oder«, Lele wird ganz aufgeregt, »irgendwas mit der Obstwiese. Sowas in der Richtung: auf keinen Fall verkaufen, bevor das Grundstück nicht in Bauland umgewandelt ist.«

Walter lässt sich wieder zurücksinken. »Oder was zu den Frauen: niemals heiraten, mach weiter so, Bibi und die anderen wollen dich doch alle nur drankriegen.«

»Er ist der nächste«, ich deute auf Lele.

Der zeigt mir mit den Fingern die Hörner. »Pass du lieber auf, jeder Beerdigung folgt ein Kind.«

Eine Stunde nach seinem Tod habe ich Bibi angerufen. Willst du ihn noch sehen, bevor sie ihn wegbringen? Ich hatte Angst, sie spürte es und antwortete nicht. Sagte nur: Liebster.

Als ich auflegte, stellte ich mir vor, wie sie vorbeikommt und eine Armlänge entfernt neben ihm am Bett sitzt. Er bis oben hin zugedeckt. Der Geruch nach Aftershave und nach Verwesung und nach grüner Gesichtsfarbe. Mir wurde ganz anders, als hätte ich wirklich zugelassen, dass seine Ruhe gestört wird.

Lele, Walter und ich sitzen dicht nebeneinander auf einem Stein am Rand des Sternenpfads. Sie haben mich in die Mitte genommen, es ist kalt, und Walter will unten im Dorf gebratenes Spanferkel kaufen, während wir auf die Kometen warten, die im Herbst doppelt zählen, weil es keine gibt.

»Was bedeutet doppelt?«

»Doppelt so viele Wünsche.«

»Und was wünschst du dir doppelt?«

»Noch ein Lokal. Eins am Meer. Backfisch und Pommes. Jede Menge Umsatz.«

Aber es gibt keine Sternschnuppen, und Lele zeigt uns den großen Wagen und den Stier, und Walter isst mein halbes Spanferkel auf. Wir trinken Chinotto, schweigen oder heulen wahlweise den Mond an, und die Kälte verwandelt unseren Atem in weißen Dampf. Ich möchte nach Hause, doch sie lassen mich nicht. Also erzähle ich ihnen, dass er in den letzten Monaten immer zum Tanzen ging, ins Atlantide in der Nähe der Piazza Tripoli.

»Ach.« Lele steht vom Stein auf. »Da kann man tanzen?«

»Im Sommer. Am Ende hat er sich dort die Nächte um die Ohren geschlagen.«

»Du bist ihm gefolgt?« Bevor ich antworten kann, sagt Walter: »Recht hast du, stell dir vor, er hätte im Park nach Welsen geangelt.«

»Wie kommst du denn jetzt auf Welse!«, Lele muss lachen. Und wir lachen mit.

Dann erkläre ich ihnen mein Spiel: »Eine Million Euro mehr auf dem Konto und zwanzig Jahre jünger«, sage ich und habe sofort einen Frosch im Hals.

Wir warten, bis ich wieder reden kann. Walter raucht und erwidert, dass er seine Schulden begleichen und die Backfischbude am Meer kaufen würde, um dann eine Kette daraus zu machen. So weit nichts Neues.

Lele denkt nach. »Ich würde mir ein sorgenfreies Leben kaufen. Ich packe das Geld auf ein neues Konto und überweise mir jeden Monat einen Festbetrag auf das alte. Zwanzig Jahre lang. Ich könnt mir eine Familie leisten und hätte immer ein festes Gehalt, selbst wenn ich die Vorsprechen verpatze.«

»Wie viel im Monat?«

»Dreitausend, immer am 27.«

Ich nehme mein Handy und rechne es kurz durch. »Das reicht fast achtundzwanzig Jahre.«

»Ein sorgenfreies Leben.«

Am Morgen seines Todes rief ich nach dem Telefonat mit Bibi Amedeo an. Er war im Krankenhaus und kam sofort nach seiner Schicht. Er ging in sein Zimmer und beugte sich über den Leichnam.

Als er zu mir kam, setzte er seine Brille ab und wischte sie am Pulli sauber, dann schloss er mich in seine Gorilla-Arme.

In der Küche lehnte er sich an den Schrank.

»Er hatte Schmerzen«, sagte ich.

Amedeo putzte wieder seine Brille.

Ich goss mir ein Glas Wasser ein. »Ich war zu feige, ihm beim Sterben zu helfen. Immer bin ich für alles zu feige.«

Ich zittere vor Kälte. Lele drängt sich von links an mich, Walter von rechts, sie frieren genauso. Ich schlage wieder vor, nach Hause zu fahren, sie wollen nicht, nach einigem Hin und Her beschließen wir, zum Parkplatz zurückzugehen. Beim Einsteigen fragt Walter, ob ich fahren möchte.

»Ich habe ihn sterben sehen.«

Zwei Minuten versuchen wir räuspernd, unsere Stimmen wiederzufinden. »Ich habe noch nie jemanden sterben sehen«, sagt Lele und beugt sich vor. »Nur meinen Hund.«

»Er atmete einfach nicht mehr aus.«

»Hör auf damit, bitte.« Walter schaltet das Radio ein und gleich wieder aus. Er erzählt, wie er sich im Lokal immer abseits hielt, bis sie ihn bemerkten. »Und wenn es ausnahmsweise niemandem auffiel, saß er einfach rauchend an seinem Mäuerchen, als hätte er Wurzeln geschlagen. Einmal hab ich ihn gefragt: Nando, was machst du da? Warum versteckst du dich? Und er zuckte nur mit den Achseln, alles in Ordnung.«

»Hatte er nie jemanden dabei?«

»Doch, seine Zigaretten.«

Und dauernd am Rauchen.

Seit dem Ausrutscher fängt er schon morgens an, zu rauchen, und übt Tag für Tag den Sprung, im Wohnzimmer und im Schlafzimmer. Den Abstoß der Füße, die Reibung der Ferse auf Läufer und Teppich, seine Anstrengung ist bis in den Flur zu hören. Zwanzig Minuten, halbe Stunde. Noch nennt er ihn nicht so, den Scirea-Sprung.

»Sag mal, dieser Scirea-Sprung. Wie kam dein Vater überhaupt darauf?« Der MiTo biegt in die Via Magellano ein.

»Wegen dem berühmten Spiel Brescia–Juve 1987. Als es so heftig geschneit hat. Auf einem Flohmarkt in Santarcangelo hatte er zufällig ein Foto davon gefunden.«

»Ein Wahnsinnsfußballer, dieser Scirea.«

»Es war nicht nur seine Qualität als Spieler. Es war auch der verbissene Blick auf dem Foto.«

Lele spielt am Radio herum. »Er hat es mir gezeigt.«

»Scirea grätscht volle Kanne zwischen Gegner und Ball. Ein todesmutiger Sprung.«

»Der Scirea-Sprung. Ich hab ihn einmal im Miramare gesehen«, Lele trommelt mit den Fingern gege die Seitenscheibe. »Lieber Himmel, was ein Ding.«

Wir parken vor dem Haus, und sie fragen, ob sie über Nacht bleiben sollen.

»Bibi kommt später und schläft hier.«

»Sicher?«

»Sicher.«

Sie nicken, dabei merken sie es immer, wenn ich lüge. Ich gehe die Treppe hoch, und sie fahren, das Motorengeräusch verliert sich auf der Via Magellano. Im Dunkeln betrete ich die Wohnung, die Reihe Umzugskartons, das Brummen des Kühlschranks, das Ticken der Küchenuhr. Die Streichhölzer und der Schwefelgeruch in der Luft. Die Lampe mit dem Tütenschirm: Als Kind hatte ich immer Angst, sie beim Ausmachen zu vergessen, und kontrollierte sie lieber noch mal, bevor er etwas merkte.

Ich lege die Hand auf den Lichtschalter und drücke. Die Glühlampe geht an. Ich gehe ins Esszimmer und taste nach dem Lichtschalter, drücke. Ich gehe ins Bad und drücke. Treppenhaus, Waschküche, mein Zimmer, das andere Bad, Büro, Abstellkammer, ich knipse die Nachttischlampen an, den Fernseher, die Deckenlampe und das Lämpchen auf dem Sekretär, die Stehlampe im Wohnzimmer, das Licht über der Spüle, im Ofen, an der Dunstabzugshaube, und selbst die Notleuchten im Flur. Das Haus, die Via Magellano und Rimini – ein einziges Leuchten.

Ich bin frei: Waise. Ich bin Waise: frei. Ich stehe vor seinem Zimmer und sehe den herabhängenden Fuß vor mir, der nachts gegen den Bettrahmen pocht.

Einmal nachmittags, als es ihm schon sehr schlecht ging, schob ich ihm mal wieder die Kissen unter den Körper: »Diese zehntausendvierhundert, auf die du angeblich gewartet hast«, er brach ab.

»Das war die Wahrheit.«

»Ja?«

»Die schuldeten sie mir wirklich.«

Er hatte die Augen geschlossen.

»Und du, Nando. Die Reisetasche und die Briscola-Karten.«

Er guckte mich mit großen Augen an. »Was ich.«

»Als ich zu deinem Geburtstag aus Mailand herkam. Der aufgezogene Reißverschluss. Und die Runde, die du mit mir nach dem Abendessen spielen wolltest.«

»Mit der Tasche hab ich nichts zu tun.«

»Du hast sie nicht durchsucht.«

»Nein.«

»Und die Karten nach dem Essen?«

»Tja.«

»Du wolltest rausfinden, ob ich wieder spiele.«

Er hatte sich ein störendes Kissen herausgezogen und genickt. »Ob du mein Sohn bist oder der andere.«

»Und?«

»Mein Sohn.«

Sein Sohn oder der andere. Das hatte er immer zu ihr gesagt, wenn sie in Mailand anrufen und nachhorchen sollte, wie es mir ging. Und kaum hatte sie aufgelegt, fragte er: Ist es unser Sohn oder der andere, der Zocker?«

Und dann einmal beim Abendessen. Schweigend löffelt er seine Suppe und murmelt irgendwann, ohne aufzusehen, dass das Tre Stelle ja eigentlich überhaupt keine Rolle spiele, ganz im Gegensatz zur Gran Galà in Gabicce.

»Dann macht doch einfach da mit und Schluss«, erwidere ich schroff.

»Da rutscht man auch nicht so schnell aus, auf der Galà.«

Um halb zwei in der Nacht verlasse ich das Haus. Die Kreuzung Via Magellano und Via Mengoni liegt im Lichtkegel der Straßenlaterne, und die Kälte glänzt silbern auf dem Asphalt. Hier vor der Einfahrt haben mich Walter und Lele nach unserem Ausflug nach Pennabilli rausgelassen. Sie wollen mich einlullen, mit ihrem Beschützerinstinkt. Genau wie Bibi, Don Paolo, die Toten und die ganze Romagna. Der bleigraue Himmel ist von Wolkenfetzen durchzogen, der Herbst steht vor der Tür.

Ich nehme den R5. Ich gebe Gas, der Auspuff röhrt. Ich verlasse Ina Casa Richtung Padulli, bremse ab und passiere langsam die Großbaustelle einer Neubausiedlung, das Haus mit dem großen Oleander liegt am gegenüberliegenden Ende. Im Dachgeschoss brennt Licht, unten ist alles dunkel. Ich parke an der Stelle, wo sie auf mich gewartet hat, als sie mir damals gefolgt war. Ich kann Brunis Audi hinter dem Zaun nicht erkennen, kein Auto kommt mir bekannt vor.

Ich berühre das Armbändchen am Rückspiegel, die Rautendecke liegt auf dem Rücksitz, der Aschenbecher ist immer noch sauber, und unter dem Sitz liegt das Sofakissen, das ich immer zwischen ihn und die Beifahrertür geschoben habe. Ich ziehe es heraus, klemme es mir zwischen die Beine und spanne sie an. Loslassen, anspannen. Ich fahre zurück.

Auf den ersten dreißig Metern pfeift der R5 und röhrt dann wie die berühmte Milva aus Rimini mit ihrer Altstimme. Zu Hause stelle ich den Wagen ab und gehe die Via Magellano hinauf, die Atemluft strömt dampfend aus meiner Nase, ich laufe den Kiesweg an der Grundschule vorbei: der Katzenweg, drei Tiere sehen mir im Vorbeigehen nach, die graue mit dem gefleckten Schwanz erhebt sich. Sie folgt mir, bleibt auf dem Largo Bordoni zurück. Der kleine Platz ist menschenleer, ich setze mich auf eine Bank. Hinter der Häuserreihe die Kirche: So viele Menschen sind zur Beerdigung gekommen.

Zeitungsverkäufer, Hilfsstrandmeister, Barista, Verkäufer in einem Bekleidungsgeschäft, Copywriter, Spieler, Kreativdirektor in einer Werbeagentur, Creative Consultant und immer wieder Spieler.

Sie sagten: Er ist von uns gegangen. Sie sagten: Er ist dahingeschieden. Sie sagten: Er weilt nicht mehr unter uns.

Als der Sarg auf den Wagen geladen wird, sieht mich von Weitem Giulia an, und ich sie. Sie kommt nicht näher, die Haare fallen ihr über die Schulter. Sie hätte gesagt: Er ist gestorben. Nando Pagliarani ist tot. Dein Babbo ist tot.

Dann im Juni, in der Via Meravigli, ein Tisch mit Zeitlimit. Treffen achtzehn Uhr, Beginn achtzehn Uhr fünfzehn und Ende um einundzwanzig Uhr. Bei dieser Spielvariante wird die vorher festgelegte Zeit komplett durchgespielt. Verspätungen sind unzulässig, wer einsteigt, muss dabei bleiben. Es wird eine Hand nach der andern gespielt, bis die Zeit abgelaufen ist. Die Kunst liegt darin, kurz vor Schluss richtig einzuschätzen, ob nach Ende der laufenden Hand noch eine neue begonnen werden kann, um mit einem Rausreißer die Verluste wettzumachen oder die Gewinne zu halten: die Abschiedshand.

Um zwanzig nach acht war ich mit sechstausendsechshundert in den Miesen. Ich hatte überschlagen, dass wir bis neun noch zwei Hände schaffen würden. Doch dann zog sich die darauffolgende Hand in die Länge, sodass es die letzte sein würde. Ich hatte zwei Zehnen. Wir waren noch drei Spieler, darunter ein Time-Waster. Time-Waster zögern das Spiel absichtlich in die Länge, zum

Frust derer, die auf den letzten Drücker noch etwas erreichen wollen. Meistens sind das diejenigen, die bis dahin schon erfolgreich waren.

Um viertel vor neun immer noch das gleiche Bild. Was bedeutete: keine Chance auf eine weitere Hand, allerdings mit der Möglichkeit, den gesetzten Schlusspunkt nach hinten zu verschieben, um die begonnene Runde ordentlich zu Ende zu spielen. Das ist der Punkt, an dem der Pot anschwillt: Andere Gelegenheiten wird es nicht geben, um die Löcher, die der Abend gerissen hat, zu stopfen oder weiter sein Glück zu versuchen. Und das ist auch der Punkt, an dem der Spieler *heißläuft*. Heißlaufen: der extrem leichtsinnige und unbedachte Umgang mit den zur Verfügung stehenden Mitteln.

Um zehn nach neun lagen dreitausendachthundert in der Mitte. Um neun Uhr zwölf Showdown. Der Time-Waster hatte geblufft, der andere zwei Paare auf der Hand. Ich hatte noch einmal über fünftausend verloren. Insgesamt fast zwölftausend, obwohl ich nur viertausend mitgebracht hatte. Den Rest als Wechsel.

Ich hatte die Wohnung verlassen und kann mich noch gut an den Trubel auf dem kleinen Platz in der Via delle Orsole erinnern. Überall Leute und Partystimmung, kurz vor Ferienbeginn, im Hintergrund das Fresco der Heiligen Jungfrau mit Kind, das ein Arbeiter vierhundert Jahre früher per Zufall entdeckt hatte, als er mit seinem Kittel die Mauer abwischte. Ich ging hin, sah mir die Madonna mit dem Jesuskind an, himmelblauer Umhang und taubenblaue Haut, ich musste mich setzen und Arme und Rücken strecken, die leeren Taschen abtasten, Scheck weg, Bargeld weg. Ich stand wieder auf und ging über den Platz zurück, und als ich an der letzten Gruppe von Leuten vorbeiging, wurde mir plötzlich klar, sieben Jahre nach dem ersten Spiel, was es war: nicht der Rausch, nicht der Adrenalinschub, nicht die Ungewissheit oder die Hoffnung auf das große Glück. Es ging auch nicht um Kompensation und oder die Lust am Risiko, nicht um das Heißlaufen oder die Erregung. Als ich den Platz verließ, verstand ich endlich, was der Typ aus Novara gemeint hatte, als er vor Monaten am Ende einer nervenaufreibenden Partie gesagt hatte: Ganz schön intensiv heute.

Ganz schön intensiv. Die höchstmögliche Konzentration von Leben in der kürzestmöglichen Zeit. Die Intensität, die Dichte. Die Jungfrau und das Kind mit Heiligenschein, die Seligen irgendwo in Mailand. Wir mit unserem So-viel-wie-geht-Leben einerseits, die Seligen irgendwo in Mailand. Die Seligen und die Seligen.

Don Paolos Predigt bei der Trauerfeier: Nando, der Mann mit der Festlaune in den Füßen.

Am Montag begleitet mich Bibi zum Notar. Wir sitzen im Vorzimmer, und als wir aufgerufen werden, bedeutet sie mir, ohne sie hineinzugehen. Sie setzt sich schräg auf den Stuhl, verschränkt die Hände und kaut auf ihrer Unterlippe.

In Lorenzis Büro riecht es nach Farbe. Ich setze mich in einen kamelhaargelben Sessel mit gerundeten Armlehnen, erneutes Kondolieren. Die Sekretärin klappt eine Mappe auf und schiebt dem Notar einige Zettel hin: achtzehntausendzweihundertzwanzig Euro auf dem Girokonto, die Immobilie in Rimini, die Immobilie in Montescudo, der R5 und ein Grundstück in San Zaccaria, das kein Bauland ist.

Dann bekomme ich den Umschlag ausgehändigt: Er ist versiegelt, auf seiner Rückseite steht das Datum von vor vier Monaten. Ich bitte um einen Brieföffner, schlitze den Umschlag auf und ziehe ein computergeschriebenes Blatt Papier hervor mit seiner Unterschrift: Ferdinando Pagliarani.

Es ist ein mit der Bank abgesprochener Sparplan, den ich unterschreiben kann, wenn ich will. Laut Gesetz wird die betreuende Bankfiliale sich direkt mit mir in Verbindung setzen.

Ich verziehe unwillkürlich das Gesicht.

»Ist alles in Ordnung?«, fragt Lorenzi.

»Jedenfalls keine Schulden.«

Irgendwann hört er auf, in Wohnzimmer und Garage weiter den Sprung zu üben. Kein Wort mehr über den Ausrutscher. Kein Wort über die Gran Galà in Gabicce. Keine Tanzveranstaltung mehr.

Der Sommer neigt sich dem Ende, und als der erste Samstagabend ihrer Saison näherrückt, sitzen sie untätig im Wohnzimmer. Ich spreche sie darauf an.

»Was ist los mit euch?«

»Für uns ist Schluss.«

Als wir das Notariat verlassen, erzähle ich Bibi von dem Sparplan. Sie antwortet nicht sofort, dann murmelt sie: »Er kannte halt seine Pappenheimer.«

Ich sehe sie an.

»Du hast doch immer alles auf den Kopf gehauen, oder?«

»Das wäre ja noch schöner.«

»Nicht?«

»Das hast du bestimmt von Lele.«

Sie streichelt meine Schulter. »Na komm, war nur ein Witz.«

»Dann werde ich wohl heute wieder was auf den Kopf hauen und dich zum Essen ausführen«, und das Satzende bleibt mir fast im Hals stecken. Ich halte an.

»He«, sie packt mich am Handgelenk.

»Ich habe ihm erzählt, dass wir beide nicht gern kochen, da hättest du ihn mal sehen sollen.«

»Ach ja?«

»Ich versteh die Welt nicht mehr.«

Bibi lächelt, zwei Kommata in den Mundwinkeln. Sie macht einen großen Schritt und zieht mich mit. »Der Meisterkoch Nando und wir, die wir uns heute von vorne bis hinten bedienen lassen. Tagliatelle.«

»Tagliatelle?«

»Und Umschläge mit Sparplänen.« Sie führt mich über die Piazza Cavour und durch die Fußgängerzone am Teatro Galli vorbei, und mich lässt der Gedanke an ihn und seine Fürsorge nicht los, an ein Leben auf Sparflamme.

Tanzen ade. Es ist ernsthaft Schluss. Sie verbringt den Samstagabend in der Waschküche beim Malen, er schaut sich Kriegsfilme an und kaut rollenweise Lakritz.

Bevor ich mit Bibi das Restaurant betrete, rufe ich Walter an und frage, ob Bruni immer noch in Padulli in dem Haus mit dem Oleander wohnt. Er fragt, warum ich das wissen will.

»Nur so.«

»Nur so.«

»Darf ich das etwa nicht wissen?«

»Doch klar, natürlich.«

Ich verabschiede mich, er will noch nicht auflegen und knuspert mir am anderen Ende der Leitung seine Taralli ins Ohr. Das gehört zu den Dingen, die mich wahnsinnig machen.

»Hallo?«, sage ich lauter. »Bist du noch dran?«

»Dann hast du also doch noch nicht damit abgeschlossen.«

»Womit?«

»Hast du damit abgeschlossen, oder nicht?«

»Wir sehen uns bei deiner Feier«, schnauze ich ins Telefon und stecke wütend das Handy weg.

Im Restaurant im Dörfchen Canonica bestellen Bibi und ich tatsächlich Tagliatelle. Und Rotwein, Perlhuhn und Piada mit Grillgemüse. Zum Abschluss einen süßen Albana und Ciambella Romagnola. Bibi streift mit der Nase über das Tablett und sucht sich das dickste Stück mit der meisten Kruste und dem meisten Hagelzucker aus, schenkt den Dessertwein in zwei Gläser. Sie reicht mir meins und greift schnell zu dem Kuchenstück. Sie führt es zu ihrem Weinglas und tunkt es ein. Sie knabbert den aufgeweichten Kanten ab und schluckt, blickt auf, alles mit großer Ernsthaftigkeit, beißt wieder ab und behält das Stück im Mund, um die Zuckerkörner zergehen zu lassen. Sie tunkt ein, kleckert, wischt, weiterhin völlig ernst und wohl wissend, dass die Krümel auf den Boden des Glases sinken. Sie nimmt den Löffel, fischt den Brei heraus, führt ihn zum Mund und schließt genießerisch die Augen.

»Entschuldige bitte«, sie muss selbst ein bisschen lachen.

Und in ihr endet der letzte Teil von ihm: er, der sie nur vom Hörensagen kannte und der da war, als wir zusammenkamen. Wäre er nicht in ihr, wäre sie dann sie?

Drei Bedingungen, um in der Szene mitzuspielen. Bedingung Nummer eins: Empfehlungen. Bedingung Nummer zwei: immer seine Schulden bezahlen. Bedingung Nummer drei: niemals falschspielen.

Draußen vor dem Restaurant die Dunkelheit des Hinterlands. Selbst der Mond wird von der Schwärze der Romagna verschluckt. Der Parkplatz liegt am Ende des Kieswegs. Bibi leuchtet uns mit dem Handy den Weg und erzählt von ihren Studien zum Wasserkäfer Regimbartia attenuata: dem einzigen Insekt, das bei lebendigem Leib wieder ausgeschieden wird, nachdem es den Verdauungstrakt eines Frosches passiert hat. Der Käfer stirbt nicht, sondern widersetzt sich mit Hilfe der wirbelnden Beinchen erfolgreich den zersetzenden Magensäften.

»Danke für den Absacker, Beatrice Giacometti.«

Sie wedelt mit dem Handy und schaltet es aus, wir versinken in der Schwärze der Romagna. Uns bleibt nur das Knirschen im Kies und dann nicht einmal das. Ich drehe mich um, erstarre, gehe einen Schritt zurück, Bibi, wo bist du, Bibi?

Aus dem Nichts taucht sie auf und hält mich.

Einmal pro Woche rief er mich in Mailand an, mit entschuldigendem Unterton in der Stimme. Wie geht's, wie steht's. Ich meldete mich nur, wenn es etwas Neues gab oder ich spontan Lust hatte. Ich nahm das Handy aus der Tasche und drückte seine Nummer, bemühte mich um einen gut gelaunten Tonfall.

Dann der Tag zwei Monate nach ihrem Tod, als ich unangekündigt nach Rimini fuhr und er mich vom Balkon aus kommen sah, Wie geht's, wie steht's, leicht irritiert von dem Überfall. Er öffnete mir, führte mich hoch, ich stand in der Küchentür und blickte auf den Stapel Schallplatten auf dem Tisch, zwischen Erdnusskrümeln und einer Dose Mais. Die Küchenstühle durch den Schreibtischstuhl ersetzt, auf der Spüle die Kupfertöpfe, der Plattenspieler auf der Anrichte. Der Geruch nach alter Suppe und drumherum Schwärme von Fliegen.

»Seit gestern ist hier Platteninventur«, er öffnete den Kühlschrank und schaute hinein. »Ich habe nicht mal eingekauft, Sandrin.«

»Ich wollte wissen, wie es dir geht.«

»Gut.«

»Wie gut?«

Er hatte den Emmentaler herausgeholt und mir ein Stück abgeschnitten. »Es gibt auch noch Cracker.«

Ich räumte mir eine Tischecke frei und biss in den Käse. Er sah mir regungslos zu, wie ich zwischen Stevie Wonder und Ivan Graziani saß und kaute.

Ich kann nicht schlafen. Ich stehe auf, gehe in die Küche, überfliege den Sparplan. Seine brave Unterschrift, das Fähnchen am O. Ich lasse den Zettel auf dem Tisch liegen: Keine Ahnung, was ich mit den Töpfen machen soll, in denen er sein Rentnerrezept kochte. Was mit den Einmachgläsern. Mit der Gewürzsammlung. Den Walnüssen im Brotkorb. Unserem Briscoladeck mit dem grünen Haushaltsgummi. Ich nehme die Karten. Sie liegen kühl in der Hand. Ich mache eine Faust und spüre einen Anflug von Kribbeln in den Fingerspitzen, Druck auf dem Brustbein, er mir gegenüber, die Rauchfahne steigt weich von seiner Zigarette auf.

Eineinhalb Monate nach dem Ausrutscher geben sie das Tanzen auf, und er steht im Arbeitszimmer mit dem Foto von Scirea in der Hand.

»Komm mal kurz, Sandro«, er knipst die Schreibtischlampe an. »Sieh mal, wie leicht er in der Luft liegt. Und der Abstoß genau im richtigen Moment.«

Ich erwache von Leles SMS, er will wissen, warum ich Walter nach Bruni gefragt habe. Ich schreibe zurück *nur so*. Später am Vormittag ruft er an und löchert mich, ich entgegne ruhig, dass er sich keine Sorgen machen muss.

»Eben. Du hast ja jetzt genug zum Leben.«

»Wie war das mit dem sorgenfreien Leben? Gestern vor dem Einschlafen habe ich gedacht, was wäre, wenn ich das Haus hier und

Montescudo verkaufe: mit neuem Bankkonto und der monatlichen Gutschrift auf das alte.«

»Wenn du zu Bruni gehst, bist du dran.«

Seine rudernden Arme im Todeskampf, der dumpfe Ton, wenn die Hände auf die Matratze schlagen. Das Gesicht ans Kopfteil gepresst. Der verrenkte Hals, der zurückkippt. Der veränderte Gesichtsausdruck: mit geöffnetem Mund und der Schnittwunde an der Oberlippe.

Brunis Nummer. Ich erinnere mich noch vage, dass ich die Seite aus dem alten Notizheft herausgerissen und in ein Buch gelegt habe. Also gehe ich die Bücher aus dem Regal im Zimmer und die im Wandschrank durch, halte sie nach unten, wedele, lasse sie fallen. Nehmen, wedeln, fallen lassen. Auf dem Boden wächst der Bücherhaufen. Ich mache einen großen Schritt darüber und gehe hinaus, um noch einmal das Handy zu durchsuchen. Nichts. Die große Aufräumaktion, das Versprechen, aufzuhören, am Tag nach ihrer Beerdigung, war offenbar erfolgreich.

Der Bruder einer alten Schulfreundin von mir könnte sie haben. Er war damals einmal dabei, im Haus mit dem Oleander. Der Einzige, den ich unkompliziert kontaktieren könnte.

Ich rufe ihn an, er stellt keine Fragen, muss die Nummer auch erst suchen. Wir reden kurz über seine Schwester, sie arbeitet jetzt als Statistikerin bei der Welternährungsorganisation in Rom. Wir reden kurz über Nando, seine Mutter hat ihm erzählt, dass er gestorben sei, unser Beileid. Wir legen auf, zehn Minuten später schickt er eine SMS mit Brunis Nummer.

Sie gingen tatsächlich nicht mehr tanzen. Dafür steckte nun das Scirea-Foto in seiner Brieftasche. Und er hatte die Schallplatten neu sortiert, obwohl er seit dem Abend im Tre Stelle keine mehr auflegte.

Dann der Nachmittag: die Rollläden auf halber Höhe, dazu die Bee Gees und seine dumpfen Tritte auf dem Boden, seine Füße, die den Sprung üben.

Am Telefon wirkt Bruni überrascht, aber herzlich. Er hat sich schon länger aus dem innersten Kreis zurückgezogen, kann aber jederzeit einen Tisch auf die Beine stellen. Ich frage ihn, woher er weiß, dass ich spielen will. Er lacht, es klingt wie eine Mischung aus Kleinkindquengeln und Husten.

»Ja, ich will's noch mal probieren.«

»Wie viel?«

»Dreitausend.«

»Ich melde mich in zwei Tagen.«

Wir feiern das Saisonende in Walters Lokal, als würde er für immer schließen. Im Herbst verfällt er jedes Jahr in große Lethargie. Statt exotische Fernreisen zu machen, verbarrikadiert er sich in seinem Haus im Borgo San Giovanni und kocht, verlässt seine Höhle nur sonntags, um in einem Fischrestaurant zu Mittag zu essen. Ab und zu ein Ausflug. Bis er an Ostern die Rollgitter wieder hochzieht und weitermacht.

Beim Anstoßen fällt sein Name: Auf Nando. Lele sagt es, Bibi schenkt mir nach. Sie sind alle da, auf der kleinen Terrasse über dem Kanal. Die Tische sind schon in eine Ecke geschoben, der Schriftzug *Gradella* unter Plastikplane, das strahlende Rimini, das langsam erlischt. Und Mailand, das zusammen mit Nando verschwunden ist.

Nach der Zeit mit Giulia fragte sie manchmal, ob ich einen Schwarm hätte. *Einen Schwarm*, sagte sie, und er spitzte neugierig die Ohren. Ich allein in Mailand, in der Zweizimmerwohnung mit dem wackeligen Küchentisch. Mailand und der Beton, der die Kinder verändert.

Sie waren mich besuchen gekommen, zwei Monate, nachdem Giulia mich verlassen hatte. Sie schliefen im großen Bett und ich auf der Couch. Morgens wachte ich vom Quietschen des Schraubenziehers auf, mit dem er den Tisch festschraubte: Die Glasplatte wackelte, wenn man die Ellbogen darauf stützte.

»Schnarchst du?«, fragt Bibi.

»Du?«

Nach dem Abschiedsabend bei Walter frage ich, ob sie bei mir schlafen möchte, zum ersten Mal.

Zu Hause angekommen, gehen wir in die untere Wohnung. Wir legen uns ins Bett. Die Matratze ist bequem und das Zimmer kalt, ich habe die Heizung vorher nicht angemacht. Wir ziehen uns die Decken bis zur Nase.

»Ich schnarche manchmal«, sie schiebt mir die Füße zwischen die Beine. Wir schlafen nicht, schlafen, schlafen nicht, sie schläft, und ich liege neben diesem Körper. Die eckigen Schultern, die sanft geschwungene Taille. Man verliert das Gefühl für alles.

Ich schlafe ein, und beim Aufwachen liegt sie zu mir gedreht und schaut mich an. Ich schaue zurück, ihre spitzes Profil und die zusammengerollte Haltung, ihr Geruch auf dem Kopfkissen: Und ich sehe sie. Sie, und sie ist nicht verschwommen.

Wir gehen hoch, um zu frühstücken. In der Küche hält sich die Restwärme, wir schließen die Tür, damit sie bleibt. Bibi zögert, tritt an die Gewürze und Gläser, fährt mit der Hand darüber, ohne sie zu berühren.

»Wo hat er immer gesessen?«

»Hier«, ich zeige auf den Platz am Herd.

»Und du, Sandro, wo sitzt du?«

»Hier.« Ich deute auf den Fensterplatz. Sie setzt sich auf den Stuhl. Ich koche Kaffee, lehne an der Arbeitsplatte.

Bee Gees, Jackson Five, Chuck Berry. Tag für Tag macht er seine Tanzübungen im Haus, immer allein. Irgendwann kommt sie hinzu und legt die Swing-Platte mit dem Stück auf, bei dem der Ausrutscher passiert war.

Und sagt zu ihm: »Los, lass es uns noch mal probieren.«

Ich gehe zur Bank, um die Sache mit dem Testament abzuschließen. Man bittet mich in das Büro des Filialleiters. Er spricht mir sein Beileid aus und sagt, er habe genaue Anweisungen hinterlassen: Man solle mir den Sparplan in aller Ausführlichkeit erläutern, damit ich dann unterschreiben könne oder nicht. Und mögliche Alternativen aufzeigen.

Ich lasse ihn reden, zwanzig Minuten lang, und sage dann, dass ich darüber nachdenken muss. Der Filialleiter redet wieder über den Pensionsfonds und über eine Mischlösung in den aufstrebenden Märkten. Ich hebe fünftausend Euro ab.

Die zyklischen Schwankungen beim Spiel: Die seelische Verfassung als Sinuskurve mit sechs bis acht emotionalen Ausschlägen am Tag selbst. Gefühlssausschlag nach oben: Euphorie, Herzklopfen und Zittern, Gliederzucken, Wahrnehmungsstörungen. Gefühlsausschlag nach unten: eingeschränktes Angstgefühl, mangelnde Reizübertragung aus der Außenwelt, kompletter Empathieverlust.

Als ich die Bank verlasse, ruft jemand meinen Namen: Patrizia aus Sardinien. Sie winkt von der anderen Straßenseite und kommt dann herüber. Eine Bäckertüte lugt aus ihrer Tasche.

»Sandro«, sie rückt sich ihren Wollhut zurecht. »Ich habe dich in die Bank gehen sehen, hast du Zeit für einen Kaffee?«

Einmal im Monat sind wir ins Kino gegangen, dein Babbo und ich, mittwochabends. Manchmal gingen wir essen, aber eher selten. Er hat mich dann immer nach deiner Mutter ausgefragt, als wüsste ich mehr als er: Einmal habe ich ihm erzählt, dass wir ein paar Tage zuvor nachmittags in Riccione ein Kanu geliehen hatten und die Strömung uns fast hinausgezogen hätte. Da hättest du ihn mal sehen sollen: Kanu, was denn für ein Kanu? Strömung, welche Strömung? Das hat sie mir gar nicht erzählt. Er fragte und fragte. Manchmal gingen wir einfach nur spazieren. Nein, ob ich mit ihm tanzen gehen wollte, hat er nie gefragt.

Patrizia fährt mich nach Hause. Mit laufendem Motor stehen wir vor der Einfahrt, und als ich aussteigen will, fragt sie, ob sie sich kurz vom Haus verabschieden dürfe. Sie geht durchs Törchen auf den Hof und bleibt stehen. Sieht zum Schlafzimmer hinauf, geht weiter in den Nutzgarten.

Auf dem kahlen Beet liegt ein blasser Kälteschleier, mit der Fußspitze bearbeitet sie ein Stück Erde.

An einem Tisch verlieren: im Kopf die potentiellen Verluste zusammenrechnen, permanent. Wie viel man noch auspacken kann. Und welchem Szenario man entgegengeht. Abwägen der ökonomischen Konsequenzen, Abwägen der realistischen Rückzahlungsmöglichkeiten, Abwägen der Folgen fürs Privatleben.

Am Anfang beherrscht man sich: Gesetzt wird nur Bargeld, das man vorher in Chips umgetauscht hat, keine Schulden. Kredite werden grundsätzlich nicht gewährt. Dann doch: Darlehen, Wechsel. Nach einer Weile lernt die Szene, den finanziellen Background jedes Spielers einzuschätzen, und verhindert Runden außerhalb der eigenen Möglichkeiten sowie neue Hände, bei denen der Aderlass sich ungebremst fortsetzt, sodass die Gläubiger leer ausgehen. Das letzte Stadium ist erreicht, wenn man absolut freie Hand bekommt.

Eine Taktik funktionierte gut: Bevor man die Wohnung betrat, schriftlich die eigenen Limits festzuhalten und die Konsequenzen, mit denen man sonst rechnen musste. Schriftlich, nicht im Kopf.

Ich schreibe Amedeo, dass er sein Hemd hier vergessen hat. Außerdem Spritzen, Medikamente und anderes Material, das er vielleicht noch brauchen kann. Er antwortet, er habe sowieso vorbeischauen wollen, ob wir heute zusammen zu Mittag essen? Und fügt hinzu, dass er gerne zu mir nach Hause kommt.

Kurz vor eins ist er da: Er steigt aus dem Toyota und nimmt von der Rückbank ein kleines Mädchen auf den Arm, zusammen kommen sie die Treppe hoch. Als wir uns im Flur umarmen, duckt sich das Mädchen kurz und richtet sich sofort wieder auf: Sie hat die blitzenden Augen ihres Vaters. Mit ausgestrecktem Finger will sie mir an Mund und Zähne fassen. Dann entdeckt sie die Umzugskartons, beugt sich herab, um einen zu berühren.

»Dieses Kind heißt Margherita und hat einen Riesendurst.« Amedeo hält sie mir hin, und sie zupft mich am Bart, zieht eine Schnute.

Ich nehme ihre Hand, obwohl sie noch auf Papas Arm ist. Zu dritt gehen wir in die Küche, er setzt sie auf den Tisch, und ich warte, dass er ein Fläschchen auspackt. Amedeo deutet auf ein Glas, ich schenke Wasser ein, setze mich hin und lasse das Kind trinken.

»Der Abend, an dem dein Vater und ich *Fight Club* geguckt haben, weißt du noch?«

In meiner Erinnerung ist alles ein einziger Brei, Tage, Abende, Nächte.

Amedeo hilft mir, den Tisch abzudecken. »Er hatte plötzlich starke Schmerzen und bat mich um Morphin. Ich ging es holen, und als ich zurück ins Zimmer kam, fragte er, ob ich ihm beim Sterben helfen könne.«

Ich stehe am Spülbecken, das Fett perlt über den Pfannenboden. Wir haben Baccalà und Kartoffeln mit Peperoncino gegessen. Margherita krabbelt durch den Flur, bleibt in Amedeos Sichtweite. »Ich bin auch immer für alles zu feige, Sandro.«

Das Kind ist im Wohnzimmer angekommen und spielt mit dem Samtkissen. »Papa!« Sie wedelt mit den Armen.

Ich gehe zu ihr. Sie zögert überrascht, guckt zu ihrem Papa, doch als ich ihr ein zweites Kissen gebe, schmiegt sie ihre Wange darauf.

Amedeo kommt zu uns. »Vielleicht hat es auch gar nichts mit Feigheit zu tun. Sondern mit Gottesfurcht.«

Er ist mit ihr in der Garage, sie schrauben den Kasten am Fenster ab, wo die Jalousie klemmt. »Wir gehen nie mehr ins Tre Stelle, Caterina.«

Sie hält die Leiter fest und will schon sagen, na gut, dann nicht. Packt ihn stattdessen um die Knöchel: »Dann lass es uns in Gabicce versuchen, Nando, auf der Gran Galà.«

Er dreht sich zu ihr und sieht sie an.

Bevor er geht, zeigt mir Amedeo, wie man ein Kind gemütlich trägt. Er sagt *gemütlich trägt* und schiebt seine Brille hoch. Er bückt sich, nimmt Margherita auf und legt sie quer, klemmt sie sich unter den Arm wie einen Rugbyball und marschiert mit ihr durch den Flur. Das Kind wehrt sich nicht, sondern schmiegt sich weich an ihren Papa an.

»Versuch es mal.«

»Da weint sie doch nur.«

»Versuch es.«

Ich versuche es. Es ist lustig, sie so zu halten, mit baumelnden Armen, Beinen und Kopf. Sie sieht mich aus schläfrigem Augen an, wir drehen eine Runde zwischen Schlaf- und Wohnzimmer. Margherita und ich ganz gemütlich, eine Reise durch das Haus mit den leeren Schränken. Dann richte ich sie auf, und sie lässt es sich gefallen, ich drücke ihr einen Kuss in den Nacken. Dann übergebe ich sie wieder ihrem Vater.

Margherita und Amedeo sind eine Stunde weg, da ruft Bruni an. Er sagt, es gebe einen Express-Tisch mit sechstausend Mindesteinsatz. Unten in Viserba.

»Sechstausend nein. Maximal drei plus dein Anteil.«

»Du bist ängstlich geworden.«

»Drei maximal.«

»Ich muss nachfragen.«

Er will mir bis abends Bescheid geben. Als ich aufgelegt habe, strecke ich die Arme vor, ein kaum wahrnehmbares Zittern.

Das zweite Signal kommt vom Tastsinn. Ich nehme die fünftausend vom Konto und lege sie zusammen mit den tausendsechshundertfünfzig aus dem Safe auf den Küchentisch. Löse die Banderole und zähle die Scheine. Der dünnhäutige Daumen, die Narbung des Papiers an den Fingerknöcheln, die ausgefledderten Ränder. Die Schwergängigkeit der Hunderter. Die Beweglichkeit der Zwanziger. Das Rillengeflecht der Fünfziger. Innerhalb von zehn Sekunden erhöhte sich die Leitfähigkeit meiner Haut immer um ein Vielfaches:

der dünne Schweißfilm auf den Fingerspitzen, die sich verdickende Epidermis.

Ich zähle noch mal von vorn: die Lider im Luftzug gesenkt. Ich lege den Zeigefinger in die Mitte und falte das Bündel, klappe es auf und zähle erneut, mein Hals unter dem Adamsapfel pocht. Ich stoppe, mache weiter, bis das Gewebe der Scheine ganz warm ist.

Schon als Kind: Meine Großmutter schenkt mir zweihunderttausend Lire zur Kommunion, in einem Umschlag mit Glückwunschkärtchen. Ich nehme das Geld heraus, bekomme Herzklopfen, bin mir sicher, dass ich mehr davon haben kann, dass ich alles haben kann.

Er fand keine Ruhe, weil die Tische in seiner Caffè-Bar leer blieben. Die Bar America. Freunde kamen vorbei, um sie und ihn zu treffen, hin und wieder verirrte sich ein Fremder her, ich saß in einer Ecke über den Hausaufgaben.

Wie lockt man die Leute an: das Streitthema sechsundzwanzig Monate lang. Erst veranstaltete sie einen Malkurs in der Bar, immer dienstagabends. Dann Jazz am Freitag. Dann gab es einen Cappuccino plus ein Cornetto für nur zweitausend Lire. Dann fingen sie an, schon am frühen Abend das Gitter herunterzuziehen.

Am späten Nachmittag hat sich Bruni noch nicht gemeldet. Ich sitze über meiner Semesterplanung für die Uni, räume die Einmachgläser aus der Vorratskammer in die Küchenanrichte, sortiere Töpfe aus der Küche in den Wandschrank. Ich steige auf die Leiter und putze die Fenster, von hier oben kann man in den Garten der Sabatinis sehen. Sie machen gerade den Garten für die Lichterketten zurecht, die sie immer sechs Wochen vor Weihnachten aufhängen. Er hätte jetzt zu ihnen hinübergerufen, hätte die Fenster weit aufgerissen, trotz des hereindringenden Lärms.

Ihn auf dem Friedhof besuchen gehen, die verwelkten Blumensträuße und den Kranz der Eisenbahner entsorgen. Auf dem Foto sitzt er lachend in einer Bar in Cervia: Die Verwandten aus San Zaccaria haben es ausgesucht.

Gegen Abend kommt Lele vorbei: Er wurde für zehn Einstellungen für ein Biopic über Monica Vitti gebucht. Walter kommt auch, wir machen uns in der Küche ein paar Biere auf, der Raum füllt sich mit Rauch, sie sitzen mal auf dem Tisch, mal auf der Arbeitsfläche. Lele als alter Tierfreund begutachtet das Fenstersims und stellt fest, dass dort keine Brotkrümel liegen. Ich deute auf die Bäckertüte auf der Mikrowelle, er nimmt ein halbes Mantovana heraus, bricht sich ein Stück ab und zerkrümelt es vor dem Fenster. »Rotkehlchen bringen Glück.«

»Sprach der Vogelexperte.« Walter fröstelt und schließt das Fenster.

»Caterina hat das auch behauptet«, sage ich.

»Dass er ein Vogelexperte ist?«

»Dass Rotkehlchen Glück bringen.«

Walter erhebt sein Bierglas: »Auf die Rotkehlchen, auf Caterina und den Vogelexperten. Und auf Monica Vitti!«

»Immer diese Anstoßerei«, wir heben unsere Gläser.

Die Gran Galà im Baia Imperiale von Gabicce: dreißig Profi-Paare und zwanzig Amateure. Sie ruft den Veranstalter an und erfährt, dass die Anmeldefrist bereits abgelaufen ist. Sie drängt nicht weiter, am Telefon ist sie nicht gut darin.

Lele und Walter sind noch da, als Bruni anruft. Ich lasse das Handy vibrieren, gehe ins Zimmer und sage kurz angebunden, dass ich gleich zurückrufe. Lele kommt in den Flur, und Walter schüttet sich in der Küche die restlichen Erdnüsse in den Mund. Er zeigt mit dem Finger auf mich. »Wir machen bei mir weiter, du hast ja nichts im Kühlschrank.«

»Ich bin durch für heute.«

Lele geht an der Wohnungstür vorbei und lugt in sein Schlafzimmer. Dann macht er kehrt, tritt durch die Wohnungstür auf die oberste Treppenstufe. »Also kein Abendessen? Kommt Bibi noch?«

»Ja, Bibi.«

Beim Abschied sieht er mich an. Erleichtert? Skeptisch? Oder was?

Sie fährt persönlich zum Baia, um sie bei dem Tanzwettbewerb anzumelden.

Die Diskothek ist dunkel, die Außentür steht offen. Sie geht hinein und glaubt, hinter der Glastür eine Gestalt zu erkennen. Sie bleibt stehen, will nicht als Bittstellerin erscheinen: Dann sieht sie die Tanzfotos, die drinnen an den Wänden hängen.

Er war immer ein wenig körperlicher Typ, außer beim Tanzen: Na, und wenn er sich mit Saint-Honoré-Torte vollstopfte? Und wenn er Holz hobelte? Oder dreißig Kilo schwere Steinbrocken schleppte, um sie zu bearbeiten? Oder die Tischkante, die er im Juli und August umklammert hielt, wenn wir aßen: eine Hand am kühlen Holz, ein Halt gegen die Hitze. Er war immer völlig verschwitzt, man konnte ihn kaum anfassen. Und nackt nur ein einziges Mal, ich war ungefähr zehn, das Fußballspiel im Parco Marecchia mit dem kaputten Ball. Ich war nach Hause gerannt, um den Ersatzball zu holen, sprang zwei Stufen auf einmal nehmend die Treppe hoch, lief in mein Zimmer und sah im Vorübergehen in ihr Zimmer: Er mit nassen Haaren, der Bademantel über dem Stuhl, schlüpft vornübergebeugt in die Unterhose. Sein herabhängender Schwanz, der lang durch die Luft fegt.

Ich rufe Bruni zurück: Er hat einen Tisch mit Zeitlimit auf der Via Covignano aufgetan, in der Nähe der Bar Ilde, er würde mir innerhalb der nächsten Minuten zusagen. Viertausend, aber auch weniger. Seriöse Leute, er garantiert für mich. Sechs Spieler.

»Ich will nur eine Runde spielen.«

»Eine bis zwei.«

»Eine bis zwei.«

»In Ordnung, gebe ich weiter.«

»Danke.«

»Sandro?«

»Ja.«

»Du warst verschwunden.«

Ich wechsele das Handy ans andere Ohr. »Jetzt bin ich wieder da.«

Er schweigt, schnalzt mit der Zunge. Er selbst wird in der Via Covignano nicht spielen, er spielt nicht mehr. Treffen um einundzwanzig Uhr, er gibt mir die Adresse und die Nummer, die ich anrufen muss.

Ich stecke das Handy ein und lehne mich an die Küchenspüle. Der Tisch steht von Walters und Leles Besuch noch schief, die drei Stühle abgerückt, die leere Erdnussschale, Chips- und Lakritzreste, zwei Feuerzeuge. Walter hat die Marlboro-Packung aufgerissen, um ein Flugzeug zu falten, heraus kam ein fliegender Panzer. Ich rolle ihn über den Tisch, er hebt ab und wird zum Jagdbomber. Er fliegt durch die Küche, über Schneidebrett und Regale, landet hinter dem Brotkorb. Ich lasse ihn los, nehme die Briscola-Karten, mache den Gummi ab und halte das Deck in der rechten Hand.

»Wenn ich heute Abend Glück habe«, sage ich mit lauter Stimme und mische den Stapel auf ihre Art, wenn sie sich die Karten legte, langsam, den Blick auf einen festen Punkt geheftet. Aus den Karten rutscht ein Zettelchen hervor, zweimal gefaltet, ich klappe es auf. Seine Handschrift: *Amaracmànd*, Sandrin, nimm dich in Acht.

Meine Steige Kardinalspfirsiche: der Tisch in Miramare am Strand von Rimini, das Fest der Notte Rosa, 1. Juli 2011. Die lärmende Menge von feiernden Jugendlichen unter der Wohnung, wo wir spielten.

Bruni hatte einen großen Tisch organisiert und mich dazu eingeladen. Achttausend Grundeinsatz: Ich räumte das Girokonto leer, fehlten noch zweitausendneunhundert. Zweihundert lieh ich mir unter einem Vorwand von Walter. Vierhundert von einem Typen aus Misano. Für die übrigen zweitausenddreihundert telefonierte ich ein paar Leute in Mailand ab, ohne Erfolg. Ich überlegte, das Armband, das ich zum Achtzehnten bekommen hatte, zu verkaufen oder in Rimini herumzufragen, aber ich wollte nicht zugeben, dass ich knapp bei Kasse war. Also blieben nur die zwei: Die EC-Karte meiner Mutter lag in einer Schublade im Arbeitszimmer, ich hatte mir bereits am Vorabend zwei Abhebungen genehmigt, eine kurz vor und eine nach Mitternacht. Der Rest aus dem Safe. Ich fragte mich keine Sekunde lang, was ich ihr sagen sollte, was ich ihm sagen sollte, wenn sie es bemerken würden. Daran denkst du nicht.

Wir waren zu fünft, keiner kannte den anderen, Bruni hatte bis nach Padua akquiriert, um mögliche Absprachen auszuschließen. Eine Partie mit Bleibepflicht, das heißt, es werden drei Runden gespielt, ohne Zeitlimit und ohne weitere Hand. Bei einer Partie mit Bleibepflicht darf niemand aufhören, bevor nicht die festgelegte Anzahl der Runden gespielt ist. Wechsel sind erlaubt, um die drei Runden vollzumachen, auch wenn einer schon blank ist. Geht ein Spieler bereits in der ersten oder zweiten Hand in die Miesen, muss er die dritte trotzdem spielen und alles davor vergessen. Alles auf neu. Wenn die ersten beiden Hände gewonnen werden, dasselbe. Wer sowohl bei der ersten als auch bei der zweiten Runde mitschwimmt, hat den Kopf frei für die dritte.

Für die meisten von uns deutete sich die eingeschlagene Richtung schon in der Eröffnungsrunde an: War sie ein Desaster, übertrug sich das auf die zweite und dritte Runde. Eine Kettenreaktion der Entmutigung, die in misslungenen Bluffs enden konnte, in verräterischen Mienen und totalem Kontrollverlust: Man verspielte Haus, Auto, Vermögen und Selbstachtung. Zum Beispiel Giannini in Mailand, der mit einem Verlust von siebenundzwanzigtausend in die dritte Runde ging und am Ende des Spiels sein Haus in Santa Margherita an einen Typen aus Monte Carlo verloren hatte. Andersrum genauso: progressiv ansteigendes Glück und ein unvergesslicher Abend. Es wird gemunkelt, dass Filoni 2002 so an das Hotel Bussler in Rom gekommen ist.

Mit dem von Bruni geforderten Grundeinsatz von achttausend lag mein potentielles Minus am Ende des Abends bei sechzigtausend. Für solche Summen hat normalerweise niemand genug Bargeld dabei, weshalb bei einer Partie mit Bleibepflicht jeder einen Bürgen braucht. Er übernimmt in den darauffolgenden Wochen die Aufgabe, die hässlichen Seiten des Spiels abzuwickeln, und hat bereits zuvor geklärt, dass niemand Probleme macht: Bei mir war es Bruni selbst, an den ich im Fall des Sieges auch ein Viertel des Gewinns würde abtreten müssen.

Bruni nahm auf dem Sofa im Nebenzimmer Platz, nachdem er ein neues Kartendeck bereitgelegt hatte. Nach der ersten Runde hatte ich dreitausend verloren. Nach der zweiten neuntausend irgendwas. Auf einem Zettel wurden die Verluste und die Gewinne unter Verrechnung des Grundeinsatzes notiert. Vor der dritten Runde standen zwei Spieler noch schlechter da als ich: Der Spieler aus Correggio war mit etwa zwanzigtausend in den Miesen, der aus Piacenza mit sechzehntausend.

Durch das Fenster hörte ich das Teenagergeschrei von draußen, dieses Rimini und mein anderes Ich, an das ich mich kaum erinnern konnte, Gelächter, Technopartys am Strand und über allem die Sehnsucht, eine gute Zeit zu haben: Ich hatte mir gesagt, wenn ich schon die erste und die zweite Runde verloren habe, will ich auch die dritte verlieren. Ich wollte alles verlieren, so viele Schulden machen, dass ich sie unmöglich aus eigener Kraft würde zurückzahlen können, zu meinen Eltern gehen müsste, zu den Freunden, der Bank, dass ich mir selbst eingestehen müsste, irreparablen Schaden angerichtet zu haben: Vielleicht könnte ich dann zu den Teenagern und der Strandmusik zurückkehren, tanzen und trinken und der Jugend nachlaufen.

Ich stützte die Ellbogen auf die Stuhllehnen und wartete mit gesenktem Kopf auf meine Karten: Ich würde keinen Bluff versuchen, einfach nur die schwachen Karten tauschen und mit dem spielen, was ich auf der Hand hatte. Ich war zweiunddreißig Jahre alt, hatte ein gutes Leben in Mailand, ich konnte heiraten, hatte mir in der Werbebranche einen Namen gemacht.

Was kam, waren drei Siebener, auf die Hand. Wenn man etwas direkt auf die Hand bekommt, geht damit immer ein Gefühl des Staunens einher, auch bei erfahrenen Spielern. Ich nahm die Ellbogen nicht von den Lehnen, überprüfte die Kreuzsieben, die Piksieben und die Herzsieben, genoss das Staunen und sagte mir, dass das hier wirklich passierte: Ich hatte drei Karten desselben Werts bekommen, was in einem Wahrscheinlichkeitsbereich von 2,11 Prozent lag.

Dann spielte ich. Ich tauschte zwei Karten aus, die nichts an der Kombination änderten. Wir setzten zu fünft, ich bat die Bank um weitere neuntausend Euro. Bruni stimmte zu. Wir spielten weiter, bis sich im Pot neununddreißigtausend Euro angesammelt hatten. Wir deckten auf, und der Pot ging an mich.

Auf dem Zettel wurde abgerechnet: Meine Verluste aus den ersten beiden Runden wurden bis auf den Grundeinsatz vom Gewinn abgezogen. Ich bekam zwei Schecks und elftausend in bar. Wir erhoben uns, wer verloren hatte, verabschiedete sich sofort. Ich zögerte, blickte über den Tisch, die schmutzigen Aschenbecher und die Bonbonpapierchen, ein Zigarrenstummel. Dann trat ich kurz ans Fenster. Und da waren sie: Die Strandpromenade und die Musik und die Jugendlichen der Notte Rosa, die an einem 1. Juli den Sandro mit sich forttrugen, der ich nie mehr sein würde.

Amaracmànd, Sandrin. Ich lege den Zettel auf die Arbeitsfläche, wo er immer das Gemüse kleingeschnitten hat, neben das Deck Briscola-Karten. Ich spüle die Erdnusschale aus und stelle sie zurück in den Schrank, werfe die Chipstüte weg und die Kippen und die leeren Bierflaschen. Ich wische den Tisch ab und schiebe die Stühle ran. Walter hat sein Ladekabel in der Steckdose neben der Mikrowelle vergessen, ich lege es beiseite. Ich öffne das Fenster, auf dem Sims eine Spur Brotkrümel. Für die Rotkehlchen ist es nicht früh.

Nimm dich in Acht, Sandro. Aber die Karten sagen: Heute Abend wirst du gewinnen.

Caterina und Nando Pagliarani, Gran Galà 2009, Baia Imperiale, Gabicce. Kategorie: Amateure. Beginn: 19:30 Uhr.

Tagsüber spielen. In Mailand, es ist Frühjahr, sich am frühen Abend mit der Dämmerung an den Tisch setzen und aufstehen, wenn die Restaurants noch geöffnet haben und eine gewisse Betriebsamkeit in der Luft liegt. Leute auf der Straße, die Schlipse gelockert, Jacketts vom Büro über dem Arm, vorbei an den jungen Leuten, die sich vor den Lokalen zuprosten. Wichtig ist das Bewusstsein, noch nach Hause zu müssen, bestimmte zeitliche Limits einzuhalten, um sich nicht vom Glücksspiel mitreißen zu lassen. Und zu Hause sagen zu können: Ich musste heute länger arbeiten.

In Mailand niemals nachts spielen. Die eigenartige Ruhe, die einem vorgaukelt, alles könne gut werden.

Der Abend der Gran Galà, in Gabicce weht der Wind aus Südwest. Sie stehen vor dem Baia, und er zögert. Sie streicht über sein Jackett und hakt ihn unter.

Die funkelnden Lichter auf der Tanzfläche: Immer erzählten sie von den funkelnden Lichtern.

Bruni ruft erneut an, weil er mir sagen möchte, bei wem der Tisch heute Abend stattfindet: bei einem Anwalt aus Ferrara, der seit zwanzig Jahren in Zürich lebt. Er gehört zur Szene in Venedig. Ein vornehmer Herr, der Verspätungen und mangelnde Barschaft nicht verzeiht.

»In Ordnung.«

»Ich bürge für dich, das reicht ihm.«

»Wer kommt noch?«

» Der Cardigan aus Bologna, erinnerst du dich?«

»Ja.«

»Die anderen kennst du nicht. Zuverlässige Leute von außerhalb.«

Zu Beginn traf ich immer als Letzter am Treffpunkt ein. Dann war ich einmal eine Stunde zu früh da, in der Nähe des Corso Garibaldi: Ich schlenderte durch die Straßen, trank einen Amaro im Tombon und ging die Moscova einmal hoch und wieder runter, durch das Mailand der verborgenen Navigli und Ängste, durch krumme Gassen und prunkvolle Straßen, dann stand ich wieder vor dem Treffpunkt, rauchte eine Zigarette und entfernte mich wieder. Kam pünktlich zum verabredeten Zeitpunkt.

Beim Spiel war ich erschöpft vom ganzen Hin und Her: Die Ermattung machte mich gleichmütiger, weniger aufgeregt, undurchdringlich. Tausenddreihundert Gewinn. Seitdem ging ich immer mit Vorlauf zu den Treffpunkten.

Noch zwei Stunden bis zu Brunis Tisch in der Via Covignano. Ich rufe Bibi an, bevor sie es tut, sie ist kurz angebunden: Sie hat keine Lust auf Kino mit den anderen, ob ich bei ihr vorbeikommen möchte zum Molekülaustausch? Ich sage, dass ich heute lieber allein sein möchte. Wir schweigen, dann wünscht sie mir einen schönen Abend, ihre Stimme ist freundlich, und ich könnte genauso sagen: Liebste.

Eineinhalb Stunden später sitze ich im Auto und denke an sie, die Ernsthaftigkeit, mit der sie »Molekülaustausch« sagt. Und auch später, als ich vor der Bar Ilde parke und zum Treffpunkt laufe: Bibi – bis unmittelbar vor Spielbeginn, wenn die Gewissheiten hinter den Möglichkeiten zurücktreten.

Die Tanzfläche im Baia bei der Gran Galà war klein, man musste gut aufpassen. Sie waren als sechstes Paar dran. Alleine, die anderen Paare im Kreis drumherum und die Jury schon in Erwartung der Profitänzer.

Sie hatte sich zuerst in Position gestellt. Dann hatte er die Ferse aufgesetzt und dem linken Fuß zugeraunt: Immer schön brav bleiben.

Wenn ihm jemand missfiel, sagte er immer, der Betreffende könne nicht tanzen. Ein kurzer Blick genügte ihm, um zu dem Schluss zu kommen: kein Talent.

»Woher willst du das wissen?«, fragte sie ihn.

»Ich weiß es halt.«

»Aber woran erkennst du das? Am Gesicht, an der Stimme? An der Art, wie er sich bewegt?«

»Siehst du's denn nicht?«

»Nein, ich sehe es nicht.«

Wenn dann herauskam, dass er im Unrecht war, tat es ihm leid.

»Und ich?«, neckte sie ihn.

»Was du, Caterina?«

»Tanze ich gut oder schlecht?«

»Du tanzt natürlich gut.«

»Und ich?«, hatte ich gefragt.

»Du bist ein Schlitzohr.«

Ich überprüfe noch mal die Adresse, die Bruni mir genannt hat. Das Haus, in dem gespielt wird, liegt hinter der Steigung, kurz vor dem Kreisverkehr mit den Einfamilienhäusern am Waldrand. Eine Villa aus Mergelstein mit drei Kaminen auf dem Dach, im Garten stehen Palmen, und über das Dach der Veranda ranken die Glyzinien. Die Jalousien sind hochgezogen, nur nicht im Erdgeschoss. Ich bin achtzehn Minuten zu früh.

Ich zünde mir eine Zigarette an und ziehe, als auf der anderen Straßenseite ein Wagen aufblendet. In der Parkbucht erkenne ich Leles MiTo. Ich drehe mich um und will weggehen, er steigt aus und kommt mir hinterher.

»Du hast hier nichts zu suchen.«

»Woher weißt du das.«

»Dreimal darfst du raten.«

»Hast du Bruni angerufen?«

»Bibi war jedenfalls nicht bei dir, sie ist mit den anderen im Kino.«

»Kümmer dich um deinen eigenen Scheiß.«

»Du hast hier nichts zu suchen.«

Ich bohre den Schuh in den Boden. »Kümmer dich um deinen eigenen Scheiß.«

»Du weißt doch, dass du es schaffst«, er drückt meinen Arm.

Ich entwinde mich seinem Griff. »Dreh eine Runde.«

»Du schaffst das«, er nimmt wieder meinen Arm. Ich mache mich frei und lasse ihn stehen, gehe zur Bar Ilde, steige ins Auto und fahre zum Aussichtspunkt von San Fortunato. Beim Belvedere halte ich an. Der MiTo kommt hinterher und parkt, Lele steigt aus und klopft an meine Scheibe: »Mach, was du willst. Ich warte hier.«

Gegen Ende des Shags auf der Gran Galà hatte er die Position gewechselt: Im Baia war das niemandem aufgefallen. Ihr schon, weil er ihrem Blickfeld entschwand. Der Pasadèl und sein Schritt zurück: das geheime Ausholen zum Scirea-Sprung. Das größte Wagnis seines Lebens.

Lele scheint tatsächlich am Aussichtspunkt bleiben zu wollen. Ich fahre zur Villa mit den drei Kaminen zurück und warte auf die Ruhe. Sie kommt schnell, wie immer vor einem Spiel: Alles andere verschwimmt. Ich rufe die Nummer an, die Bruni mir gegeben hat. Ich nenne meinen Namen, eine leise Stimme antwortet, mir werde aufgemacht.

Ein Mann um die Siebzig kommt zum Tor und bittet mich herein, geht voraus. Er trägt eine dicke Hornbrille, sein Hemd ist bis oben zugeknöpft. An der Haustür tritt er beiseite und lässt mich vorbei: »Willkommen.«

Das Wohnzimmer liegt rechterhand. Der runde Spieltisch steht vor einem Fenster mit heruntergelassener Jalousie. Auf den Kommoden und dem Schubladenschrank brennen Lampen, auch auf dem Sideboard. Auf dem Boden eine Schreibtischlampe. Die anderen Spieler stehen bei dem Servierwagen und bedienen sich an den alkoholischen Getränken. Ich grüße in die Runde, ein junger Mann mit Baseballkappe um die Dreißig grüßt zurück, ich winke dem Bekannten aus Bologna zu, der damals zu Oleanderzeiten immer dabei war: Er freut sich, dass ich mich nicht verändert habe, genauso wenig wie er in seinem Cardigan, den er im Spiel irgendwann auszieht.

Das Sofa wurde vor die gegenüberliegende Fensterfront geschoben, sonst befinden sich nur leere Bücherregale in dem Raum und ein niedriger Tisch mit einem Eisbären aus Glas. Obwohl es leicht muffig riecht, wirken die Räume nicht unbewohnt: Als wären sie in aller Eile für einen Umzug geräumt worden. Ich setze mich auf die Sofalehne, die anderen schlendern durch den Raum, wir warten auf die letzten zwei Spieler. Warten ist okay, solange eine bestimmte Frist nicht überschritten wird: Nach zwanzig Minuten kann jeder Spieler den Spielbeginn fordern oder sich mit dem Einverständnis aller verabschieden. Eine Viertelstunde später treffen die Nachzügler ein, sie haben beide eine Höckernase, vielleicht sind es Brüder. Einer von ihnen lächelt ausdauernd, es wirkt fast wie ein Tick auf mich.

Niemand stellt Fragen, jeder hat einen Bürgen außer dem Siebzigjährigen, der uns dafür seine geöffnete Geldbörse mit dem Bargeld hinhält. Eigentlich müssten alle von einem außenstehenden Vertrauensmann überprüft werden. Früher war es Bruni, der das Startkapital verwaltete und aufpasste, dass niemand sein Budget auf Kosten der Spielrunde sprengte und Wechsel brauchte. Mir ist das zweimal passiert: Man einigt sich mit dem Gläubiger auf die

Rückzahlungsfristen, die normalerweise nicht allzu eng sind. Dazu braucht man jemanden, der den Verlierer kennt und für ihn bürgt, die Rückzahlung regelt. Ich hatte dafür immer Bruni und in Mailand meinen Chef. Zinsforderungen sind nicht üblich. Wer seine Schulden nicht begleicht, fliegt raus, Repressalien sind möglich.

Der Siebzigjährige steckt seine Brieftasche wieder ein: Er öffnet den obersten Hemdknopf, und sein Hals bebt unter einem heftigen Hustenanfall. Er tritt an den Servierwagen und schenkt sich einen Fingerbreit Wermut ein, er könnte ein Steigbügelhalter sein, wie man in Mailand sagt. Ein Spion, der sich heimlich eingeschleust hat, um einen oder mehrere Spieler zu unterstützen und den Pot zu füllen. Aber letztlich könnte das jeder hier sein, trotz Bürgen.

Ich ziehe den Mantel aus, hänge ihn an die Garderobe und trete wieder an den Couchtisch mit dem Eisbären. Ich nehme die Glasfigur in die Hand, ihr Glitzern erfasst mich, ich wiege sie in der Handfläche. Meine Fingerkuppen sind trocken und der Arm ruhig, und als ich ihn beuge, spüre ich, dass der Druck sich nicht auf die Halsmuskeln überträgt. Allerdings ist keineswegs gewiss, ob die größere Vertrautheit mit der Umgebung potentielle Gefühlsausschläge am Tisch verhindert. Ich schlendere weiter in den hinteren Teil des Wohnzimmers und sehe aus dem Fenster, der Parkplatz ist leer, kein MiTo weit und breit, ich merke, dass ich immer noch den Bären in der Hand halte.

»Alle bereit?«, fragt der Siebzigjährige.

Ich stelle die Figur zurück, und wir setzen uns an den Tisch. Die Stühle sind bequem und haben Armlehnen, was hilfreich ist: Wer die Ellbogen abstützt, erschlafft leichter, und wer erschlafft, verliert leichter sein Ziel aus den Augen. Ideal ist eine ganz natürliche Haltung, die aber kaum jemand durchhält. Die meisten verfolgen von Anfang an eine bestimmte Strategie: Entweder sie wippen leicht mit dem ganzen Körper, um damit unwillkürliche Bewegungen beim Aufdecken der Karten zu überspielen; andere wackeln unabhängig vom Spielverlauf mit beispielsweise einem Arm, sodass alle Anspannung in diese Bewegung fließen kann. Der beste Schutz vor unvorsichtigen Bewegungen bleibt das Ablenkungsmanöver: Den Blick auf eine bestimmte Stelle heften, auf den Tisch, die Wand, ein Möbelstück. Erst dann auf die Mitspieler.

»Alle bereit.« Der Siebzigjährige leert seinen Wermut und beginnt. Er schiebt die Ärmel hoch und gibt jedem Spieler seine Chips aus dem Grundeinsatz, den er zu gleichen Stapeln aufgeteilt hat. Er arbeitet mit gleichmäßigen, genauen Handbewegungen, er trägt einen breiten Ehering und ein Armband mit Seemannsknoten. Er wickelt das Kartendeck aus, lässt das Cellophan zu Boden fallen und beginnt zu mischen, locker riffeln die Daumen die Karten, während die Handflächen die zwei Stapel kontrollieren und sie in einer flüssigen Bewegung ineinandergleiten lassen. Der Flügelschlag. Als er fertig ist, lässt er erst seinen rechten, dann seinen linken Nachbarn abheben. Er gibt jedem eine Karte. Wir decken auf: Der Bruder mit dem Dauergrinsen hat den höchsten Wert und bekommt das Deck. Er wird ernst und setzt sich zurecht, er ist bereit zur Eröffnung und schiebt einen Chip zu dreihundert über den Tisch, drückt kurz darauf wie auf einen Knopf und lässt ihn dann los. Er sieht uns auffordernd an, wir gehen mit, er schiebt den nächsten Chip in die Mitte und mischt erneut, das leise Flappen klingt noch durch den Raum, als er aufhört. Er lässt rechts abheben, schiebt den Stapel zusammen. Er gibt, kontrolliert, ob jeder seine Karte in Reichweite hat, nächste Runde im Uhrzeigersinn, Karte in Reichweite, Uhrzeigersinn, Karte in Reichweite. Den Blick fest auf den Pot geheftet, dann aufschauend, um zu prüfen, dass alles seine Ordnung hat.

Wenn die Karten vor einem liegen, fällt die Entscheidung: Die einen gehen unbesehen von einer guten Hand aus und erleben kaum zu verhehlende Enttäuschungen. Wer mit einer schlechten Hand rechnet, zeigt weniger Enttäuschung, weil das die Chancen für einen Bluff mindert. Ich gehöre zu Letzteren, allerdings mit einer Schwäche bei den Assen: Ein Ass auf der Hand führt bei mir unvermeidlich zu Erregung, selbst wenn ich damit nicht gewinnen kann. Keine Ahnung warum.

Der Siebzigjährige sieht zuerst unter seine Karten, er hebt die Ecke an, prüft, lässt sie sinken, prüft erneut. Sie scheinen ihm zu gefallen, denn er schaut sie sich ein drittes Mal an. Vielleicht sind sie aber auch nur mittelgut, weil unzusammenhängend, und ein Spieler mit schwachem Gedächtnis muss sie sich mehrfach einprägen, um im Kopf locker damit umgehen zu können. Die anderen heben nacheinander die Karten an und schauen darunter, der Cardigan aus Bologna hat seine ganz eigene Art, sie mit den Fingernägeln zu lüften. Die beiden Brüder arbeiten identisch: Kopf senken, Karten auseinanderschieben, mit den Chips spielen. Der Junge mit der Baseballkappe schaut drunter, schiebt sie zusammen, ein Soft-Player.

Jeder Einzelne von ihnen ist sein Blatt. Sie durchleben gerade sämtliche Möglichkeiten, den Bluff, den Vorgeschmack des Sieges, die Aussicht auf eine Niederlage, die Verbesserung der Lage durch Kartentausch. Sie nennen es das Fegefeuer: Durchschnittlich vierzig Sekunden dauert es, manchmal auch länger, wenn es Absprachen zwischen Spielern gibt oder man einen Fisch grillen will. Das Fegefeuer in die Länge zu ziehen zermürbt die Anfänger. 2014 haben wir auf diese Art einen Notar aus Genua fertiggemacht, der beim Bluffen immer am Kragen seines Jacketts nestelte: sechzehntausend Miese in der fünften Hand, nachdem wir ihn über vier Hände im Fegefeuer bearbeitet hatten.

Ich bin der Einzige, der noch nicht unter seine Karten geschaut hat. Der Siebzigjährige starrt mich an, und ich lege die Hände flach auf den Tisch. Meine Fingerkuppen sind lauwarm, die Armbeuge eine gerade Linie, die Beine halten still, mein Herz schlägt ruhig.

Auch die anderen sehen mich an.

Der Pasadèl auf der Gran Galà: sein unerwarteter Schritt zurück, der Scirea-Sprung anstelle des abschließenden Gleitschritts. Er hebt ab, und eine Zehntelsekunde scheint es, als könne er erneut straucheln, doch dann fliegt er, der Mann ohne Gewicht, der sein Glück herausfordert.

Ich nehme die Hände vom Tisch: Ich lasse die Karten zugedeckt liegen. Meine Handgelenke sind fest, der Kopf klar, die Beine frisch. Die Kanten der Fingerknöchel trocken. Und ich spüre es: Die Karten sind müde.

»Entschuldigung, ich bin raus«, sage ich und stehe auf. Ich schiebe den Stuhl zurück, gehe zur Garderobe, greife in die Innentasche meines Mantels und hole die dreitausend Euro heraus. Tausend davon zähle ich ab und lege sie an meinem Platz auf den Tisch: »Ich bin raus.«

»Einfach so?«, fragt der Siebzigjährige.

»Ja.«

»Sie hören einfach so auf?«

»Ja«, wiederhole ich und warte, dass sie mich entlassen. Sie tun es mit einem Kopfnicken, als Letzter reagiert der Cardigan.

Der Siebzigjährige steht auf und tritt zu mir, um das Geld nachzuzählen, sagt, dass ich gehen könne. Er bringt mich zu Tür, wartet, bis ich über die Schwelle trete und ein für alle Mal raus bin aus der Villa mit den drei Kaminen und aus meinem *Scaramàz*.

Dein Babbo: Der Mann, der auf der Gran Galà flog. Du hättest mal die Leute sehen sollen, Muccio. Die hättest du mal sehen sollen.

2008 hatte er Lele und Walter angerufen und sie nach Hause eingeladen: Er wollte es verstehen. Als Lele mich über das Treffen informierte, war ich zuerst wütend gewesen, bis die Neugier die Oberhand gewann und ich um einen ausführlichen Bericht gebeten hatte.

Dann hatte ich am Schreibtisch in der Agentur gesessen und gewartet, dass sie fertig wären, war dann hinausgegangen und über den Corso Sempione bis zum Arco della Pace spaziert, hatte dort einen Espresso getrunken, war dann weitergegangen bis zur Porta Romana, wo mich eine Nachricht von Walter erreichte: Sie waren noch da und würden nun zusammen zu Abend essen. Was das denn heißen solle? Na, halt zu Abend essen, Huhn mit Kapern und Oliven konnten wir ja schlecht ausschlagen.

Sie also gebratene Hühnerbeine in Rotweinsauce und ich belegtes Artischocken-Brötchen in der Bar Quadronno mit einer Alibizeitung in den Händen, weiter warten, bis sie mich eine Stunde später aus dem Auto anriefen: Du bringst ihn noch unter die Erde, Sandro, und die Caterina auch.

Sie berichteten, dass sie noch aßen, als sie nach Hause gekommen war, sie hatten schnell das Thema gewechselt und waren dann mit ihr zusammen wieder auf mich zurückgekommen: Sie schien besser informiert zu sein als alle Anwesenden. Wird schon gut gehen, hatten am Ende alle gesagt, ermattet vom vielen Gerede. Dann hatten sie noch ein ganzes Glas karamellisierte Feigen gegessen und zum Abschluss Ziegenricotta, und irgendwann hatten alle geschwiegen.

Als ich zum Belvedere San Fortunato zurückkomme, sitzt Lele auf dem Mäuerchen und raucht. Ich parke neben dem MiTo und steige aus, setze mich zu ihm.

Er zieht an seiner Kippe. »Und.«

»Weißt du doch.«

»Du hast hingeschmissen.«

»Ich muss zu Bruni.«

»Du hast echt hingeschmissen?«

»Ich muss das mit Bruni regeln.«

»Er hat ein Kind und ist mit einer Frau zusammen, die Abends keinen Besuch mehr duldet.«

»Ich muss vor morgen zu ihm.«

»Du hast echt hingeschmissen.«

Ich muss lachen.

»Was zum Teufel gibt's da zu lachen, Sandro?«

»Dein Gesicht vor der Villa vorhin, als ich kam.«

»Arschloch.« Er drückt die Zigarette aus und behält den Stummel in der Hand. »Und was haben die anderen gesagt?«

»Ich habe die Karten nicht mal angeschaut.«

»Du hast sie nicht mal angeschaut?«

Ich schüttele den Kopf.

»Das glaube ich dir nicht.«

»Wenn du sie anschaust, spielst du.«

Kein einziges Mal hat er zu mir gesagt: Du, Sandro, bist schuld am Herzinfarkt deiner Mutter. Du und das Laster, ihr habt sie umgebracht.

Lele begleitet mich zu Bruni, fährt im Auto hinter mir her und wartet am Ende der Straße. Eine Wohnanlage in Marina Centro, vor dem Tennisplatz.

Ich rufe an, und keiner geht ran. Ich schicke eine Nachricht, Bruni erscheint auf den Balkon und winkt mir zu, ich solle im Auto warten. Er kommt runter, steigt ein, und ich gebe ihm die zweitausend Euro.

Er nimmt sie. »Ich weiß schon Bescheid.«

»Ich habe Schluss gemacht.«

Er spielt mit seinem Schlüsselbund. Die roten Kinnbacken sind unter dem Bart kaum zu sehen.

»Entschuldige die späte Störung.«

»Dann machst du in Spielcasinos oder online weiter.«

Ich schüttele den Kopf. »Du weißt doch, ich mag das Spiel im kleinen Kreis.«

Wir schweigen, und er guckt zur Seite, ich weiß, dass er lacht.

»Und was ist mit der Gabe, Sandro?«

»Die Gabe hast du dir ausgedacht.«

Er dreht sich wieder zu mir und sieht mich an. Das Geld hält er in der Hand, hebt das Becken an und steckt sich die Scheine in die Hosentasche: »Ruf mich nie wieder an«, sagt er und schnalzt mit der Zunge.

Und haben sie applaudiert im Baia? Wie wild haben sie applaudiert, Muccio. Und der Babbo? Der war ganz leicht. Leicht? Ganz oben und ganz leicht, als wir die Tanzfläche verließen. Und danach auch: Ganz leicht und ganz oben.

Dann machen wir einen Spaziergang, Lele und ich, lassen die Autos in Brunis Straße stehen und gehen zügig zum Anker-Denkmal und weiter über die Palata, während der vom Meer heraufziehende Dunst nach unseren Beinen greift. Uns auseinanderreißt.

»He, bist du noch da?«, frage ich.

Er hakt mich unter, und wir beschließen, nicht auf Walter zu warten, weil wir bis dahin längst erfroren wären. Aber als wir ihn anrufen, ist er schon am Hafen. Kurz darauf kommt er, wir sitzen am gelben Leuchtturm, und der Dunst hat sich in Nebel verwandelt.

»Seid ihr das, ihr Schwachmaten?«

»Wer denn sonst?«

»Schön euch zu sehen, wie seht ihr nur wieder aus«, er kommt näher, ein Pilz mit krauser Kappe. Er setzt sich zu uns, und wir drängen uns aneinander wie auf dem Sternenpfad, nur dass Lele jetzt in der Mitte sitzt. Wir ziehen unsere Mäntel enger, der Leuchtturm sendet sein Licht, und Rimini bläst uns den Nebel wie Rauch ins Gesicht.

»Ich weiß jetzt die definitive Antwort auf die Eine-Million-Euro-Frage.« Walter rückt ein Stück ab. »Ein Boot. Wir mieten einen Stellplatz hier an der Hafenpromenade und bieten Mittagstisch mit frittiertem Fisch an. Und abends fahren wir aufs Meer hinaus.«

»Da werde ich sofort seekrank«, sagt Lele.

»Ach du liebe Güte, jetzt ist er auch noch seekrank.« Walter steht auf, das Licht blendet ihn. »Denkt mal drüber nach.«

»Da bleibt aber immer noch ein hübsches Sümmchen übrig.«

»Nein, das hat er mir verzockt«, sagt er und deutet auf mich.

Wir lachen.

»Und zwanzig Jahre jünger?«

»Was scheren uns zwanzig Jahre, wir sind doch noch jung.«

Zwanzig Jahre jünger stehe ich am Bahnhof von Rimini, es ist Ende September. Lele ist bei mir, wir warten auf den Regionalzug nach Bologna, am nächsten Tag beginnt das dritte Jahr an der Uni.

Wir haben jeder einen Kleiderkoffer dabei und einen weiteren für die saubere Bettwäsche und die Koteletts und die Tomatensauce von unseren Müttern. Wie immer nach den Semesterferien hat er uns zum Gleis gebracht. »Passt auf euch auf«, sagt er, als wir einsteigen.

Der Zug fährt los, wir sehen durch das Fenster, wie er uns mit den Autoschlüsseln in der Hand nachwinkt. Zwanzig Jahre jünger, was hätte ich ihm mehr sagen können, was.

»Dass du ihn gern hast«, meint Bibi. »Was soll man einem Vater sonst sagen?« Sie passt sich meinem Gang an und hält den Rhythmus von der Piazza Cavour bis zum Ponte Tiberio. Wir geraten durcheinander, und ich gehe wieder mit meinen langen Schritten voran. Wir haben eine Gewohnheit daraus gemacht, von Ina Casa aus durch die Altstadt ans Meer zu gehen und zurück durch den Park.

»Ich hätte ihm gerne gesagt, dass ich auch etwas von ihm habe«, wir erreichen die Gassen im Borgo San Giuliano. »Etwas, das er mir mitgegeben hat.«

»Das wusste er doch.«

»Da bin ich mir nicht so sicher.«

»Natürlich wusste er das.«

»Er wusste, dass ich anders bin.«

»Kinder sind immer anders.«

Ich muss lächeln. »Anders bekloppt.«

»Aber immer bekloppt.«

»Der Apfel fällt eben doch weit vom Stamm.«

Sie bindet ihren Schal zu. »Komm, lass uns weitergehen.«

Ich sehe, wie sie schneller wird, quasi losrennt, wenn ich Schritt halten will, muss ich aufhören zu grübeln, sie weiß das und ist am Ende der Altstadt froh, mich aus den Gedanken gerissen zu haben. Wir kommen zum Teich, der Niedrigwasser führt, die Brückenbögen des Ponte Tiberio spiegeln sich im Fluss wie eingetauchte Kreise. Es ist bitterkalt, und Bibi geht langsamer: »Außerdem: Bekloppt mögen wir ja.«

Nicht unter die Karten geschaut zu haben, vor dem Aufhören, am Tisch in der Villa mit den drei Kaminen: Vielleicht war ein Paar drin, zwei Paare oder ein Drilling, direkt auf die Hand.

Am frühen Vormittag holt mich Don Paolo zum Spaziergang ab, er sieht aus, als wolle er zum Nordpol: Kapuze, Handschuhe, Schal weit über das Gesicht gezogen. Nur seine Augenbrauen lugen hervor, er streicht sie glatt und steht in der Toreinfahrt in der eisigen Tramontana. Ich frage ihn, ob er kurz hochkommen möchte. Er zögert und klopft sich dann an der Treppe die Schuhe ab, kommt hoch und bleibt im Wohnungsflur stehen. Wie auf der Hut blickt er sich um, will nichts schmutzig machen, ich helfe ihm aus der dicken Jacke und wickele ihm den Schal vom Hals.

»Um zwei Ecken, Sandro, ja?«

»Komm doch erst mal ins Wohnzimmer.«

Er reagiert nicht.

»Komm herein.«

Zusammen treten wir bedächtig ein, er sieht sich ständig um, bis ich ihm schließlich die Tüte mit den Schallplatten in die Hand drücke, die er für ihn aussortiert hat. Er sieht sie durch, Guccini plus ein Dutzend weitere, überlegt und reicht mir dann eine. »Leg die mal auf.«

Es ist Jimmy Fontana. Ich lege sie auf den Plattenteller, obwohl *Il mondo* hier immer nur am Sonntagmorgen lief. Über den Plattenspieler gebeugt lauschen wir dem Lied, als ich hochblicke, sehe ich zum ersten Mal im Leben einen Priester weinen.

Sie hatten sich am 22. November 1970 beim Tanzen in Milano Marittima kennengelernt. Caterina war mit ihren Freundinnen da, Nando mit ein paar Kumpels, und bevor er sie zum Tanzen auffordern konnte, war der Abend vorbei.

Sie wollte bald gehen, er brauchte noch zwei Minuten, um allen Mut zusammenzunehmen. Dann gab er sich einen Ruck und ging zu dem kleinen Sofa, wo sie saß, streckte die Hand aus und fragte: Darf ich Sie um einen Tanz bitten, gnädiges Fräulein?

210 450 Euro habe ich gespielt. 122 470 Euro habe ich verloren.

Als ich aufwache, ist der Himmel grau verhangen, in den Bäumen schimmern die Kakifrüchte. Ich öffne das Fenster und atme tief die Tramontana ein. Der Gemüsegarten ist eine Dünenlandschaft, die Triebe an den Reben sind schwarze Kohlen. Ich koche einen Tee und verzehre im Stehen eine Madeleine, dabei sehe ich Sabatini zu, der Säcke mit Erde aus seinem Panda entlädt. Einen nach dem anderen wuchtet er sie auf die Schulter, trägt sie hinters Haus und stapelt sie neben das Blumenkohlbeet: Einen Tag nach der Beerdigung hat er mir angeboten, sich so lange um den Nutzgarten zu kümmern, bis die Tomaten kommen. Ansonsten arbeitet er an der Weihnachtsbeleuchtung: Gestern hat er weiße Lichterketten in die Feige und die Akazie gehängt und blaue an den Holzschuppen und in die drei Granatapfelbäume.

Ich gehe zum Schrank und ziehe ein Sweatshirt über. Mir ist immer noch kalt, ich schlüpfe in die Winterjacke und fühle nach der Mütze in der Tasche. Ich nehme den Schlüsselbund und gehe in die Garage. Der R5 steht neben den sieben Umzugskartons, die ich aufbewahre, die mit den guten Jacketts, Pullis und Ausgeh-Hemden. In der Waschküche nebenan türmt sich auf dem Bügelbrett die Schmutzwäsche. Ich packe die Buntwäsche in die Waschtrommel und stelle die Maschine an, klappe den Ständer zwischen dem Heizkessel und ihren Gemälden auf.

»Schadet die Wärme nicht den Bildern, Nando?«

»*Va' là*«, er hatte sie nach Entstehungsjahr und Motiv katalogisiert.

Ich ziehe das vorderste hervor und streife die Plastikfolie ab: Es ist der kniende Wacholder an der Spiaggia di Piscinas auf Sardinien. An einem Zweig ein paar Farbkleckse: unsere zum Trocknen aufgehängten Badesachen. Ich nehme das Bild und stelle es auf die Anrichte hinter die Kiste mit den Tintenfässern, neben das Plakat von der Gran Galà.

Ich öffne das Garagentor und die Einfahrt und steige in den R5, parke aus und schließe Garage und Einfahrt, fahre über die Via Magellano auf die Hauptstraße Richtung Süden, öffne das Seitenfenster einen Spaltbreit, die Tramontana vertreibt den Brackwasser-Mief aus der Stadt und weht den Geruch von verbranntem Holz herein.

Ich fahre auf den Ring auf, ein gekapptes Straßengewirr am Ende der Stadt, wo die Erde mit einsetzender Kälte endlich zur Ruhe kommt, Menschen und Dinge im müden Licht des Herbstes zu sich zurückfinden. Ich fahre ab und verlasse Rimini, der Morgen ist nicht mehr jung, und die Luft riecht nach Natur, je näher ich Montescudo komme.

Ich schalte das Radio an, wechsele die Sender, finde keine Musik, die mir gefällt. Das war immer ein Spiel von uns drei: Jeder nennt ein Lied, und wir drehen fünfmal den Knopf hin und her in der Hoffnung, eines davon zu finden. Sie hatte es als Einzige geschafft, aber Enrico Ruggeri ließen wir nicht gelten, weil er einen Tag zuvor in San Remo gewonnen hatte. Weder er noch ich hatten ihr das durchgehen lassen.

In Montescudo wird die Luft wärmer, das Kopfsteinpflaster teilt das Dorf in zwei Hälften, und ich fahre auf halber Höhe über den Hang, bis die Straße in einer steilen Kurve bergauf führt. Dort steige ich aus und gehe den Schotterweg am Feldrand entlang. Die Steinhütte kauert sich halb unter Akazien und Walnussbäumen, die Fassade aus rosafarbenen Steinen wird nach oben hin heller. Nachdem der Drahtzaun einmal durchtrennt worden war, hatte er ein Schild mit »Videoüberwachung« anbringen lassen und eine Fake-Kamera montiert, um Einbrecher abzuschrecken. Danach war nichts mehr passiert, in seinen Augen ein Erfolg, doch wenn er unter der Kamera durchgegangen war, hatte er immer mit einer komischen Verrenkung nach oben geschaut.

Ich schiebe das Tor auf und parke auf dem Vorplatz, wo er im Frühling normalerweise den Tisch aufbaute. Irgendjemand kam immer vorbei, Don Paolo, Ex-Kollegen, manchmal setzte er sich alleine zum Essen dorthin, um in der Ferne auf die Adria zu sehen.

Ich laufe über die Wiese hinunter bis zu der Reihe mit Olivenbäumen, am äußersten Rand der Kirschbaum. Im dichteren Teil des Unterholzes rankt sich der Efeu über die fünf Haselnussbäume und bedeckt die Erde mit seinem unregelmäßigen Teppich. Hier ist er nie rangegangen, der einzige Fleck, der seiner Motorsense entkam. Dabei hatte sie sich immer gewünscht, dass er die Feldblumen verschone, tu es mir zuliebe. Also hatte er anfangs ein Dreieck unter dem Kirschbaum ausgelassen, um es am Ende dann doch zu roden.

Ich gehe am Efeu vorbei, hier flacht der Hang ab: ein großes Quadrat, auf dem sie eine Tischtennisplatte hatten aufstellen wollen. Dann brachten sie eines Tages einen Stein aus der verfallenen Kirche mit. Er bearbeitete ihn mit Meißel und Schleifpapier, und sie malte ihm die Augen auf, sodass am Ende ein Stachelschwein herauskam.

Das Schwein guckt halb versunken Richtung Zaun, die Pupillen verblasst und der Rücken moosbewachsen. Neben ihm hocken ein Frosch und ein Wildschwein, das eigentlich ein Hase sein soll, dazu sieben andere Tiere inklusive den drei neuen aus der Zeit nach ihrem Tod. Die daran zu erkennen sind, dass sie nicht mit Tempera bemalt sind: Das Letzte ist ein Bussard mit stumpfem Schnabel. Ich trete die Erde um die Skulpturen herum platt, damit sie besser zu sehen sind. Am Regenwasserbecken nehme ich Eimer und Lappen und gehe damit zu den Tieren. Ich hocke mich hin und mache eins nach dem anderen sauber. Als ich fertig bin, haben sie einen dunklen Wasserschleier.

»Der Friedhof der Tiere«, hatte er gesagt.

»Aber sie leben doch«, hatte sie erwidert.

»Dann also der Hügel der Tiere.«

Ich gehe zum Geräteschuppen zwanzig Meter weiter und suche unseren Kirchenstein. Er liegt noch unter der umgedrehten Schubkarre und dem Efeu. Ich lege ihn frei und will ihn nehmen, meine Finger graben sich ins Erdreich, ich stelle die Füße fest auf den Boden und ziehe, doch er sitzt zu fest in der Erde. Ich suche nach einem Stück Holz, im Schuppen finde ich eine Spitzhacke, klopfe auf dem Stein herum und keuche vor Anstrengung, halte inne, mache weiter, bis der Stein endlich befreit ist und ich mich beruhige.

Ich bücke mich und nehme ihn, jetzt kann ich ihn hochheben, ich drücke ihn an mich und gehe ein Stück hangaufwärts, noch ein Stück, bis meine Hände brennen und der Rücken zieht und ich auf dem Hügel der Tiere stehe. Ich lege ihn zwischen Bussard und Wildschwein, mit der Längsseite zur Adria. Das wäre der Kopf geworden.

Deine Schildkröte.

LESEN SIE WEITER ...

Marco Missiroli   Treue   Roman

Heißt Treue, jeder Versuchung zu widerstehen? Oder, sich selbst zu betrügen? Marco Missirolis internationaler Bestseller: ein emotional erzählter Eheroman aus dem Mailand von heute – schonungslos und sinnlich.

Aus dem Italienischen von Esther Hansen
WAT 851. Broschiert. 256 Seiten

Milena Michiko Flašar   Oben Erde, unten Himmel   Roman

»Alleinstehend. Mit Hamster«, so beschreibt sie sich selbst. Suzu lebt in einer japanischen Großstadt. Unscheinbar. Durchscheinend fast. Der neue Job aber verändert alles. Ein umwerfender Roman über Nachsicht, Umsicht und gegenseitige Achtung.

Quartbuch. Gebunden mit Schutzumschlag. 304 Seiten

Francesca Melandri   Eva schläft   Roman

»Nur einmal in ihrem Leben konnte sich meine Mutter Gerda der Liebe eines Mannes gewiss sein, und ich der eines Vaters. All die anderen kamen und gingen wie ein Wolkenbruch im Sommer.«

Aus dem Italienischen von Bruno Genzler
WAT 805. Broschiert. 440 Seiten

Giulia Caminito   Ein Tag wird kommen   Roman

Eine italienische Familiengeschichte in Zeiten des aufkeimenden Faschismus, ein politischer Roman über Schuld und Anarchie, Widerstand und unverwüstliche Hoffnung – in einer Sprache, so zärtlich-rau wie die Liebe zwischen zwei Brüdern.

Aus dem Italienischen von Barbara Kleiner
WAT 852. Broschiert. 272 Seiten

ITALIENISCHE LITERATUR

Tiziano Scarpa Stabat mater Roman

Die Geschichte eines Waisenmädchens in Venedig: Cecilia spielt virtuos
die von Vivaldi für sie komponierten Stücke. Sogar das Frühlings-
zwitschern einer Schwalbe kann sie auf der Geige nachahmen. Doch viel
lieber möchte sie wissen, wer sie ist und woher sie kommt.
Aus dem Italienischen von Olaf Matthias Roth
SVLTO. Rotes Leinen. Fadengeheftet. 144 Seiten

Elsa Morante Arturos Insel Roman

Einer der wichtigsten italienischen Nachkriegsromane: Elsa Morante
hat mit Arturo die Weltliteratur nicht nur um eine der schönsten Knaben-
gestalten bereichert, sondern es gelang ihr auch, ein fast vergessenes
Italien in farbenprächtigen Bildern festzuhalten.
Aus dem Italienischen von Susanne Hurni-Maehler
WAT 866. Broschiert. 432 Seiten

Natalia Ginzburg Familienlexikon Roman

Das mit dem Premio Strega ausgezeichnete Hauptwerk Natalia Ginzburgs
ist nicht nur das komische Porträt einer denkwürdigen Familie, sondern
zugleich ein großartiges Porträt Italiens.
Aus dem Italienischen und mit einem Nachwort von Alice Vollenweider
WAT 563. Broschiert. 192 Seiten

Domenico Starnone Im Vertrauen Roman

Bis jetzt ist alles gut gegangen. Bis jetzt war er ein glücklicher Mensch.
Bis jetzt hat sie ihn nicht verraten … Domenico Starnones trickreicher
Roman über die Macht einer kleinen Vertraulichkeit – und die Gefahr,
die verborgene Seite eines anderen zu kennen.
Aus dem Italienischen von Martin Hallmannsecker
SVLTO. Rotes Leinen. Fadengeheftet. 168 Seiten

RUND UM RIMINI

Bologna und Emilia Romagna   Eine literarische Einladung
Die Emilia Romagna ist nicht nur ein kulinarisches, sondern auch
ein literarisches Zentrum. Zeitgenössische Autoren beschreiben
die Po-Ebene und ihre schönsten und stolzesten Städte: Piacenza,
Parma, Reggio Emilia, Modena, Bologna, Rimini, Ferrara.
Herausgegeben von Carl Wilhelm Macke
SVLTO. Rotes Leinen. Fadengeheftet. 144 Seiten

Mailand   Eine literarische Einladung
Mailand ist die einzige Metropole Italiens – eine moderne Großstadt,
mit dem berühmten Teatro alla Scala, dem Dom, der Mode, dem
Möbel-Design, Museen, Verlagen, Campari & Aperol … und einer
überaus lebendigen Literatur, die Henning Klüver zu einem vielteiligen
Kaleidoskop komponiert hat.
Herausgegeben von Henning Klüver
SVLTO. Rotes Leinen. Fadengeheftet. 144 Seiten

Florenz   Eine literarische Einladung
Goethe hat Florenz nicht beachtet, weil ihm sein Reiseführer die Stadt als
unbedeutend darstellte. Reiseführer irren, wie die Texte dieser Anthologie
beweisen: Italienische Schriftsteller präsentieren Florenz unter anderem
als geometrische Rauferei, Geldmaschine und Irrenhaus.
Herausgegeben von Marianne Schneider
SVLTO. Rotes Leinen. Fadengeheftet. 144 Seiten

Wenn Sie mehr über den Verlag und seine Bücher wissen möchten, schreiben
Sie uns eine Postkarte oder elektronische Nachricht (mit Anschrift und E-Mail).
Wir informieren Sie dann regelmäßig über unser Programm und unsere
Veranstaltungen.
Verlag Klaus Wagenbach   Emser Straße 40/41   10719 Berlin
www.wagenbach.de   vertrieb@wagenbach.de

Die italienische Originalausgabe erschien 2022 unter dem Titel
Avere tutto bei Giulio Einaudi editore in Turin.

Questo libro è stato tradotto grazie a un contributo per la traduzione
assegnato dal Ministero degli Affari Esteri e della Cooperazione
Internazionale italiano. Dieses Buch konnte dank einer Förderung
des italienischen Außenministeriums übersetzt werden.

ISBN 978 3 8031 3359 5